BIENVENUE SUR TERRE

DANS LA MÊME SÉRIE

1. Bienvenue sur Terre
2. Le Gourou
3. Ennemi non identifié
4. Cruelle vengeance
5. La main dans le sac (juin 2003)
6. Mauvais esprit
7. La rage au ventre

MICHAEL TEITELBAUM

BIENVENUE SUR TERRE

D'après un scénario TV de
Alfred Gough et Miles Miller

Le personnage de Superman a été créé par
Jerry Siegel et Joe Shuster

Fleuve Noir

Titre original :
Arrival

Traduit de l'anglais
par Florence Mantran

ISBN : 2-265-07534-5

PROLOGUE

1989

Un nuage de météorites, seul vestige de ce qui, jadis, avait été une superplanète, sillonnait le vide silencieux de l'espace, telle une horde de prédateurs affamés à la recherche d'une proie. Des milliards d'étoiles scintillantes jonchaient le velours noir du ciel, témoins muets de l'indescriptible puissance d'une attaque imminente.

Juste avant de pénétrer la lisière de la Voie lactée, la pluie météorique prit de la vitesse tandis que sa queue se teignait d'une blafarde lueur verdâtre. Puis, alors qu'il s'infiltrait dans un minuscule système solaire perdu dans une des spirales de la galaxie, l'amas de roches dentelées – dont certaines avaient la taille d'une lune et d'autres n'atteignaient pas celle d'un ballon – fila à toute allure entre les planètes situées à l'extrême limite du système.

Ignorant les plus éloignées qui ne formaient qu'un bloc de glace, passant devant une autre entourée d'un gigantesque anneau, le nuage rocheux accéléra sa course en direction du soleil, au cœur même de l'ensemble cosmique.

Niché au creux de ce maelström furieux, naviguait un frêle vaisseau métallique, escorté comme un dignitaire par le groupe de météorites qui le protégeaient des ravages de l'espace. A l'intérieur, le dernier survivant d'une race anéantie volait vers la troisième planète de ce système solaire.

Frôlant la surface trouée de cratères de son unique lune, la pluie de météorites se précipitait droit sur un monde que ses habitants appelaient Terre.

1

Smallville, une agglomération perdue au fond du Kansas, était fière de son titre de Capitale mondiale du maïs à la crème, comme l'indiquait le panneau à l'entrée de la ville. Les étrangers passant par là souriaient peut-être de cette appellation mais les 25 001 habitants de cette petite cité rurale en tiraient, eux, un véritable orgueil.

A seulement trois heures de train de Métropolis, l'un des plus importants pôles urbains du pays, Smallville aurait pu aussi bien se trouver sur une autre planète, figée dans le temps. La vie pourtant se concentrait autour de Main Street, la rue principale, et cela depuis deux cents ans. D'une génération à l'autre, on fréquentait la même banque, la même pompe à essence, la même bibliothèque. Depuis une éternité, chaque après-midi, le château d'eau qui se dressait au-dessus de l'artère principale projetait son ombre gigantesque sur la rue.

Les enfants des enfants de ceux qui, cinquante ans auparavant, avaient travaillé au bureau de poste, vendaient eux-mêmes des timbres, et triaient le courrier et les colis qui arrivaient par le train. Les adolescents continuaient d'aller chez *Slam*, le café du coin, ou de s'offrir une séance de cinéma au *Swan*, un palace à la décoration kitsch qui avait connu des jours meilleurs et proposait aujourd'hui des films en seconde diffusion.

De vastes champs de maïs s'étalaient de toutes parts, baignés par la lumière dorée du soleil levant, tandis que les tracteurs des fermiers partaient en cahotant sur les chemins pour une dure journée de récolte. Un matin typique dans une ville américaine typique, où jamais rien d'extraordinaire ne se passait et sur laquelle le temps ne semblait pas avoir de prise.

Jusqu'à maintenant.

WHAP WHAP WHAP WHAP !!!

Le vrombissement d'un d'hélicoptère rompit soudain la tranquillité de ce début de matinée. Battant furieusement l'air, ses rotors créaient un tourbillon de vent qui couchait au sol les longues tiges de maïs. Sur le flanc de l'appareil au jaune rutilant apparaissait le mot *LUTHORCORP*, peint en lettres noires et luisantes.

Le pilote se retourna vers les deux passagers. Un homme entre cinquante et soixante ans, aux cheveux longs et grisonnants, vêtu d'un costume à la coupe parfaite, feuilletait le *Daily Planet* d'une main impatiente. Derrière lui se tenait un enfant de neuf ans à la peau claire, aux yeux bleus et perçants et au front balayé par une lourde mèche rousse et rebelle.

— Nous voici presque arrivés, monsieur Luthor, lui annonça le pilote.

Lionel Luthor, propriétaire de LuthorCorp, homme d'affaires self-made man, possédait une fortune considérable. D'une simple petite entreprise chimique de distribution, il avait créé sa propre société, la plus grande usine de pesticides des Etats-Unis. Mais cela ne suffisait pas encore à ce personnage aussi ambitieux que froid.

Son seul objectif étant la croissance et l'augmentation de ses bénéfices, Luthor était sur le point de conclure un marché qui devait lui assurer le quasi-contrôle de la petite bourgade de Smallville.

Lionel leva les yeux de son journal pour voir son fils, les yeux hermétiquement clos, agripper avec force les bords de son siège.

— Ça suffit, Lex, lui ordonna-t-il. Ouvre les yeux, maintenant !

Lex Luthor serra les paupières plus fort encore et secoua la tête, ses mèches bouclées remuant en tous sens autour de son visage.

— Je ne peux pas ! s'écria-t-il. J'ai trop peur d'atterrir !

— Les Luthor n'ont peur de rien ! lui rétorqua sèchement son père. Nous ne pouvons pas nous permettre ce luxe. Nous sommes de la race des leaders, ne l'oublie pas. Et un leader ne doit jamais montrer le moindre signe de crainte.

Muré dans son entêtement, Lex ne voulait rien savoir.

— Ton avenir est tout tracé, continua Lionel. Mais ce n'est pas en te voilant la face que tu avanceras. Tu es un Luthor. Tu dois affronter le monde avec cran, les yeux grands ouverts, prêt à relever tous les défis.

Se penchant vers son fils, il lui murmura à l'oreille :

— Cet hélico n'atterrira pas tant que tu n'auras pas regardé dehors.

Avec un lourd soupir, il secoua la tête et reprit la lecture de son journal.

Alors, lentement, Lex décolla de son siège ses phalanges blanchies tant il les avait gardées serrées. Le grand Lionel Luthor ne ratait jamais une occasion de lui répéter à quel point il était déçu par son fils unique, le seul héritier de son vaste empire. Pourquoi cela changerait-il, aujourd'hui ? Les autres gamins avaient le droit d'avoir peur, eux. Mais pas lui. Les autres gamins pouvaient demander à leur père de les lâcher un peu, de comprendre qu'ils n'étaient que des humains, qu'ils n'avaient que neuf ans. Mais les autres gamins n'étaient pas des fils Luthor.

Alors qu'il ouvrait enfin les yeux et se tournait vers la fenêtre, Lex découvrit la mer de maïs qui se plaquaient au sol avec une aveuglante rapidité. Ce fut d'abord un puissant vertige qui le saisit, bientôt suivi par un incontrôlable serrement dans sa poitrine. *Ça y est !* songea-t-il avec anxiété en plongeant la main dans la poche de son blouson.

Comme il tentait d'inspirer, sa gorge se ferma sous l'effort. Le souffle coupé, Lex hoqueta, cherchant désespérément à avaler ne serait-ce qu'un soupçon d'air. De ses doigts tremblants, il parvint enfin à saisir l'inhalateur dans le fond de sa poche et l'en extirpa avec rage. S'écartant de la fenêtre, il se fourra l'appareil dans le fond de la bouche, en actionna fébrilement la pompe et s'aspergea les poumons du remède bienfaisant.

La contraction s'atténua et il inspira profondément en se gorgeant d'air.

Lionel qui, après s'être arraché à sa lecture, avait contemplé la scène d'un air dégoûté, soupira devant la faiblesse de son fils et se cala de nouveau contre son dossier.

— Votre garçon… ça va, monsieur Luthor ? demanda le pilote en tournant un regard inquiet vers le jeune passager.

— Oui, ça va, répliqua-t-il avec un sourire en se gardant bien de rencontrer le regard de Lex.

Puis, l'air parfaitement tranquille, il se replongea dans le *Daily Planet*.

L'hélicoptère entama sa descente vers l'usine *Ross Creamed Corn*, dont la période prospère n'était plus aujourd'hui qu'un souvenir lointain. La peinture écaillée de sa façade, les vitres brisées, le parking quasiment vide parlaient d'ailleurs d'eux-mêmes. Sans travail, les employés et leurs familles avaient depuis longtemps plié bagage.

Deux hommes, cependant – les frères Dale et Bill Ross – se tenaient devant la fabrique, la tête levée vers l'appareil rutilant, les mains autour des yeux pour se protéger du soleil.

Ici, dans la capitale mondiale du maïs à la crème, les frères Ross avaient toujours été les rois. Mais les temps étaient durs, aujourd'hui, et l'usine qui fabriquait ce produit depuis des dizaines d'années perdait de l'argent. Beaucoup d'argent et bien trop vite.

— Voici l'avenir, dit tristement Dale en montrant l'hélicoptère.

— Il ne va rien changer, lui assura Bill, son frère. Il nous a donné sa parole, souviens-toi.

Alors que l'appareil se posait en douceur sur le parking, Dale grimaça et secoua la tête.

— Lionel Luthor est le roi du pesticide de Métropolis, marmonna-t-il. Qu'est-ce qu'il veut faire d'une fabrique de pop-corn ?

— Ne t'en fais, reprit Bill en lui pressant l'épaule. Nous avons vraiment besoin de son argent, et je suis sûr que M. Luthor est un homme de parole.

Dans une boutique de Main Street, une femme ajoutait quelques gypsophiles à un bouquet qu'elle était en train de composer. Le tintement de la clochette à l'entrée du magasin lui annonça l'arrivée de clients.

Un beau couple d'une trentaine d'années fit son apparition. Des fermiers, de toute évidence, au vu de la peau tannée de leur visage et de la terre qui maculait leurs bottes.

— Salut, Nell, dit l'homme dont l'épaisse chevelure blonde striée de gris lui retombait sur le front.

— Jonathan ! s'exclama la fleuriste d'un air ravi.

Puis, considérant la jeune femme qui l'accompagnait, elle changea d'expression avant d'ajouter :

— Bonjour, Martha. Qu'est-ce qui amène en ville nos Kent d'ordinaire si solitaires ?

— Des tulipes, répondit Martha tandis que se dessinait un sourire radieux sur son visage constellé de taches de rousseur. Des rouges, si vous en avez.

— Attendez, dit Nell en posant son bouquet avant d'aller ouvrir une vitrine réfrigérée. Si vous voulez ajouter un peu de couleur à votre ferme, pourquoi pas des orchidées ?

Jamais Nell n'avait su se libérer totalement de l'attirance qu'elle éprouvait depuis le lycée pour Jonathan. Et, bien qu'encore agréable, son visage reflétait le poids des années de solitude et de regrets qu'elle avait vécues.

— Merci, répliqua Jonathan, mais Martha préfère les tulipes.

— Normal, reprit Nell en prenant dans un seau une poignée de tulipes rouges. Ces fleurs ne sont pas compliquées.

Ignorant l'allusion, Martha avisa une petite fille aux cheveux bruns assise à une table, dans le fond du magasin. Habillée d'une lumineuse robe de princesse et coiffée d'une tiare de pierres précieuses, la fillette de trois ans agitait dans sa main une baguette magique scintillante.

Martha s'approcha d'elle et, s'agenouillant à sa hauteur, lui dit :

— Tu en as une belle robe, Lana. Tu es une princesse ?

— Une princesse de conte de fées, corrigea-t-elle. Tu veux faire un vœu ?

— Oh, oui ! répondit Martha avant de fermer les yeux.

Lana lui passa trois fois de suite sa baguette au-dessus de la tête puis, de son extrémité étoilée, lui toucha doucement le front.

— Lana, fais attention, lui lança Nell. Un jour, tu vas crever l'œil de quelqu'un avec ça.

— Merci, princesse de conte de fées, déclara Martha avec une révérence.

Apercevant des jouets sur la table, elle ajouta alors :

— Qu'est-ce que tu as d'autre ?

Jonathan, qui les observait de loin, ne manqua pas de remarquer le regard d'envie dans les yeux de sa femme.

— Où sont ses parents ? demanda-t-il à Nell.

— Au match de foot annuel du lycée, comme tout le monde. Et moi, je suis la gentille tante qui fait la baby-sitter. Je m'étonne que tu n'y sois pas, Jonathan. Tu n'aimerais pas revivre tes jours de gloire ?

— Je préfère plutôt penser que mes vrais jours de gloire sont devant moi, répliqua-t-il en jetant un regard tendre vers le fond du magasin.

— Martha, lança soudain Nell, Jonathan t'a dit que lui et moi avions été élus roi et reine pour le match de l'année, au lycée de Smallville ?

— Non, mais tu ne manques jamais une occasion de le rappeler, histoire qu'on s'en souvienne, répliqua-t-elle en riant.

Leur bouquet prêt, les Kent s'apprêtaient à partir quand Martha se tourna vers la fillette, lui fit une nouvelle révérence et lui dit :

— Au revoir, princesse Lana.

Lorsqu'ils regagnèrent leur camionnette, elle grimpa sur le siège avant et, l'air pensif, colla son visage à la fenêtre.

— Je sais quel a été ton souhait, tout à l'heure, quand tu jouais avec Lana, lui déclara Jonathan en lui passant un bras autour des épaules.

L'impossibilité pour eux d'avoir des enfants n'avait jamais affecté l'amour qu'ils éprouvaient l'un pour l'autre. Leur union était très solide, faite de respect mutuel et forgée par les longues heures de travail qu'ils effectuaient chaque jour à la ferme. Jonathan aimait Martha de tout son cœur, et elle le savait.

La romance qu'il avait vécue avec Nell au lycée restait pour lui un très bon souvenir. Il était alors la star de l'équipe de football, et elle, avec son esprit vif et espiègle, avait été élue reine de l'année.

Cependant, son amour pour Martha était aussi solide que le socle rocheux qui s'étendait sous son champ de maïs. Et son besoin inassouvi d'avoir un enfant le faisait souffrir autant qu'elle.

— Je regardais le petit visage de Lana, et

je… Il n'y a rien que je désire plus au monde, tu sais.

Pour toute réponse, Jonathan se pencha vers elle et l'embrassa avec passion.

TUT ! TUT ! TUT ! TUUUUT !!!!

Ce tendre moment fut interrompu par de stridents coups de klaxon. Une décapotable passa devant eux à toute allure, bourrée d'étudiants hurlant de joie, qui brandissaient une bannière où d'énormes lettres rouges et bleues annonçaient : LYCÉE DE SMALLVILLE, ALLEZ LES CROWS.

— On dirait que Smallville a encore gagné, dit Jonathan en mettant le moteur en route.

Ils sortirent du parking et repartirent en direction de leur ferme tandis que la bande de fêtards continuait de remonter victorieusement Main Street.

A des kilomètres au-dessus de la surface de la Terre, le groupe de météorites arrivait au terme de son long voyage. Alors qu'il pénétrait la couche atmosphérique supérieure de la planète, des flammes se dessinèrent autour de chacune des roches, formant derrière elles une longue traînée rouge et incandescente. Peu à peu, les cailloux prirent une teinte verte et lumineuse qui s'intensifiait à chaque seconde.

Toujours niché au centre du maelström, le vaisseau spatial glissait à travers l'atmosphère, son bouclier frontal protégeant son unique passager de la chaleur infernale qui l'entourait.

Cet amas destructeur en puissance n'était plus qu'à quelques secondes de s'écraser sur la Terre.

A l'usine de *Ross Creamed Corn*, Lionel Luthor s'apprêtait à signer les papiers qui allaient faire de lui le propriétaire de la fabrique et des champs de maïs alentour. Appuyé contre un vieux pick-up dont le capot leur servait de bureau, il avait à ses côtés Bill et Dale Ross.

Du coin de l'œil, il vit soudain son fils jeter

une pierre à un corbeau perché au sommet d'une tige de maïs.

— Lex ! hurla-t-il en se demandant si son gamin finirait par grandir un jour.

Puis il revint à ses papiers.

— Bien, messieurs, où en étions-nous ?

Après avoir rapidement parcouru le contrat, il en parapha chacune des pages puis signa la dernière.

Pendant ce temps, Lex, qui s'ennuyait comme un rat mort, laissa tomber les pierres qui lui restaient dans la main et tourna les talons. Il savait que son père était en train de conclure un marché important, il savait qu'il était censé s'intéresser aux affaires de LuthorCorp, mais il était fatigué de cet « avenir tout tracé » qui s'offrait à lui. Il voulait être un enfant comme les autres, voilà tout.

Fourrant les mains dans ses poches, il alla se balader dans le champ de maïs. Caché par les hautes tiges, la tête basse, il se mit à longer un sillon d'un pas traînant.

C'est alors qu'il entendit une faible voix, non loin de là :

— A l'aide ! Au secours !

Lex regarda autour de lui mais ne vit personne. S'avançant prudemment, ses pieds écrasant des enveloppes d'épis desséchées, il pensa que ce devait être le vent.

Puis la voix cria de nouveau :

— S'il vous plaît ! Aidez-moi !

Levant la tête, Lex aperçut un épouvantail.

Il me parle ? se demanda-t-il. *Un épouvantail, ça ne parle pas... Ça fait trop flipper. Je m'en vais de là !*

Tremblant de peur, il fit volte-face et détala à travers le champ. Soudain, sa poitrine se serra violemment. Un signal terrible qu'il ne connaissait que trop : une nouvelle crise d'asthme s'annonçait. La respiration sifflante, il commença à suffoquer tandis que sa main fébrile cherchait l'appareil salvateur dans le fond de sa poche. Comme il le portait enfin à sa bouche, il trébucha sur une tige brisée et s'effondra sur le sol terreux. Dans sa chute, il lâcha l'inhalateur qui, après un vol plané, partit se perdre au milieu des feuillages de maïs.

A quatre pattes, il crapahuta entre les plants, tâtonnant désespérément à la recherche de l'appareil, pour finir par buter sur un épais poteau de bois qui, pour une raison quelconque, avait été traîné jusque-là.

— Hé, toi, lui cria alors la voix tendue, aide-moi, s'il te plaît !

Lex leva le nez et se trouva face à face avec… un épouvantail à l'aspect très étrange. Tellement étrange qu'en clignant des yeux, il comprit que c'était tout simplement un garçon. Un adolescent, plutôt.

Attaché au poteau par une épaisse corde, les pieds liés ensemble, les bras noués en croix au-dessus de sa tête, vêtu d'un short, il avait un « S » grossièrement peint en rouge sur son torse nu.

Une panique totale s'empara de Lex. Mais, avant même qu'il ait eu le réflexe de fuir, une énorme boule de feu orange déchira le ciel et passa au ras de sa tête avec un rugissement assourdissant.

— Aide-moi, je t'en supplie ! gémit le prisonnier.

PRRROOOOMMM !!!

Lex bondit sur ses pieds tandis que la première météorite s'écrasait au centre du champ et propulsait une puissante onde de choc dans toutes les directions. Prenant ses jambes à son cou, il ignora la douleur qui lui consumait la poitrine.

C'est alors qu'il aperçut une épaisse traînée de fumée noire qui semblait suivre exactement la trace du projectile. Chargé d'énergie, l'air vibra autour de lui au moment où une montagne de poussière s'approchait de lui à une vitesse hallucinante.

De la terre, des cailloux, des débris de toutes sortes propulsés par une force inimaginable frappèrent soudain le poteau en le brisant en deux comme un cure-dent, et en précipitant contre le sol le garçon toujours retenu par ses liens.

Malgré l'inutilité de sa fuite, Lex accéléra. En quelques secondes, cependant, l'onde de choc le rattrapa, le souleva de terre et le projeta haut dans les airs au milieu d'un tourbillon de poussière.

Puis ce fut le noir complet.

Rapidement, une foule se forma sur Main Street, attirée au-dehors par le vacarme assourdissant qui venait de se produire et la terrible secousse qui avait suivi. Les fêtards qui, quelques instants plus tôt, criaient et chantaient, bondirent de leur voiture pour regarder le long panache de fumée former un arc sombre dans le ciel limpide.

Serrant Lana dans ses bras, Nell se rua hors de son magasin de fleurs.

— Seigneur, qu'est-ce qui se passe ?! s'écria-t-elle.

A cet instant, les parents de la fillette se garèrent sur Main Street, juste en face de la boutique. Descendant de voiture, ils aperçurent leur petite fille qui, en les voyant à son tour, laissa éclater sa joie.

— Maman ! Papa ! s'exclama-t-elle en remuant la main qui tenait sa baguette magique.

Les yeux rivés sur le ciel, la ville entière vit avec horreur apparaître un nouvel amas de météorites, qui semblait fondre sur le centre de Smallville. Le premier d'entre eux s'écrasa dans un bruit d'enfer, l'onde de choc qui en résulta ne constituant qu'un avant-goût du cataclysme qui allait traumatiser à jamais la tranquille bourgade.

Nell se mit à courir vers les Lang, puis s'arrêta net au moment où un bloc de pierre incandescent surgissait du ciel pour se diriger droit sur les parents de la fillette. Dont les yeux étonnés suivirent également la trajectoire du projectile.

— C'est quoi, cette lumière ? demanda-t-elle à l'instant précis où la météorite s'écrasait sur la voiture du couple.

PRRROOOOMMM !!!

Le véhicule explosa dans une boule de flammes, volatilisant instantanément les Lang, et projetant Nell et Lana sur l'étalage de fleurs disposé sur le trottoir. Les fenêtres de la rue volèrent en éclats et les habitants terrorisés commencèrent bientôt à fuir de tous les côtés.

Se redressant sur des jambes tremblantes, la fillette toujours dans ses bras, Nell lut dans son regard un mélange de panique et d'incompréhension. Ses parents, sous ses yeux, venaient de se faire déchiqueter par un énorme caillou surgi de l'espace. Le visage soudain noirci par les larmes imprégnées de suie, elle poussa un hurlement épouvanté.

Détruit à son tour par une météorite, le château d'eau qui se dressait au-dessus de Main Street libéra un véritable raz de marée dans la rue. Un autre projectile géant heurta le panneau d'accueil de la ville, ne laissant debout qu'un morceau de ferraille calciné.

Et la pluie de flammes destructrices continua ainsi de surgir du ciel, anéantissant tout sur son passage.

Un caillou gigantesque et incandescent atterrit sur la façade de l'hôtel de ville, détruisant la moitié du bâtiment et provoquant un cratère monstrueux qui s'étala jusqu'au milieu de la rue emplie de fumée.

Voitures et camions sur Main Street bondissaient dans les airs comme des jouets, avant de s'écraser sur le sol dans un fracas indescriptible.

Il semblait que l'assaut ne devait jamais finir.

Lionel Luthor se précipita vers le champ de maïs qu'il venait d'acheter et hurla :

— Lex ! Lex, où es-tu ?!

Il s'arrêta soudain, comprenant subitement que l'étendue entière avait été aplatie, comme si une faucheuse géante en avait balayé la surface et sectionné chacune des tiges à sa base.

Stupéfait, il hasarda quelques pas en avant puis aperçut une touffe de cheveux roux sur le sol. Le sang glacé, il se baissa, la ramassa et blêmit d'angoisse. Etait-ce tout ce qui restait de son fils unique ?

C'est alors que, devant lui, quelques plants de maïs remuèrent faiblement. Il se rua en avant, repoussa de côté une série de plants brisés, et découvrit Lex couché à terre, recroquevillé sur lui-même, tremblant, haletant, secoué de violents spasmes.

Révulsé par ce spectacle, Lionel se détourna malgré lui. Les cheveux de Lex – les magnifiques boucles rousses qui lui encadraient le visage – avaient disparu de son crâne. A l'âge de neuf ans, son fils était totalement chauve.

Le saisissant entre ses bras, il se redressa et ressortit lentement du champ. D'un pas lourd, il regagna son hélicoptère avec une seule idée en tête : fuir au plus vite cette ville réduite à l'état de ruines.

Jonathan Kent appuya le pied sur l'accélérateur et poussa son vieux pick-up au maximum de sa vitesse.

Affolée, Martha ne cessait de regarder derrière elle tandis que les projectiles enflammés continuaient de s'abattre sur la petite ville.

— Qu'est-ce qui se passe ? demanda-t-elle, les yeux exorbités de terreur.

— Je ne sais pas… répliqua son mari, la gorge sèche.

Incapable de s'en empêcher, il se retourna un instant… au moment précis où le vaisseau venait s'écraser sur la route, devant eux.

PPPRRRAOUMMM !!!

Rougie à blanc par le frottement dans l'atmosphère, la capsule heurta la terre à quelques pas de la camionnette, rebondit comme un ballon, puis stoppa enfin, à une centaine de mètres de son point d'impact.

Jonathan écrasa la pédale de frein, empêchant le pick-up de filer tout droit sur l'épais champignon de fumée s'échappant du cratère qui venait de se former devant eux. Le véhicule partit en dérapage, fit un tonneau et glissa sur le toit avant de s'arrêter au bord du fossé créé par le violent atterrissage de l'engin.

Retenus par leur ceinture, leurs cheveux frôlant le plafond du pick-up renversé, les Kent reprirent peu à peu conscience.

Jonathan ouvrit enfin les yeux, réveillé par une violente douleur à la tête. Le monde à l'envers qui l'entourait avait beau lui paraître extrêmement flou, il crut néanmoins distinguer quelque chose d'étrange, à l'extérieur du véhicule : un enfant nu, âgé de trois ans tout au plus, qui marchait à travers les restes calcinés d'un champ de maïs.

Pieds nus… songea-t-il sans même se demander pourquoi et comment ce bambin se trouvait ici. *Il marche pieds nus sur ce sol brûlant. Incroyable !*

— Martha ! appela-t-il alors d'une voix brisée.

A son tour, elle ouvrit des paupières aussi lourdes que du plomb et tenta de discerner quelque chose à travers la brume qui lui brouillait encore les yeux. Et elle aussi aperçut le bel enfant à la chevelure brune qui, accroupi devant la camionnette, jetait un regard curieux à l'intérieur.

Alors, d'un geste tranquille, il saisit la portière du passager et l'arracha du véhicule, sans le moindre effort apparent.

Ne prenant pas le temps de s'étonner, n'obéissant qu'à son instinct de survie, Martha se dégagea lentement de sa ceinture et s'extirpa dehors avant de se mettre debout sur des jambes flageolantes.

Après avoir trottiné autour du pick-up, l'enfant nu répéta son exploit de l'autre côté, aussi naturellement que s'il ouvrait un cadeau d'anniversaire. Jonathan défit sa ceinture, se glissa non sans mal au-dehors et, une fois sorti, constata que Martha avait enveloppé le petit dans une couverture et le tenait maintenant entre ses bras.

— Ça va ? lui demanda-t-il sur un ton hésitant.

— Oui, et toi ?

— Ça va, répondit-il, encore à demi étourdi.

Chacun évitant soigneusement de rencontrer le regard de l'autre, ils restèrent muets quelques secondes puis, au bout d'un instant, Jonathan interrogea :

— Ce gamin… il n'est tout de même pas tombé du ciel ?

— Alors, d'où peut-il venir ?

— Je l'ignore. Mais il doit avoir des parents, quelque part.

Avec prudence, ils s'avancèrent au milieu des décombres encore fumants et s'arrêtèrent devant la capsule spatiale à demi ensevelie dans la tranchée qu'elle avait formée en stoppant sa course.

— S'il a des parents, commenta Martha au bout d'un moment, c'est sûr qu'ils ne sont pas du Kansas.

Jonathan devinait déjà l'idée qui lui traversait la tête. La partie n'était pas gagnée.

— Ma chérie, soupira-t-il, on ne peut pas le garder. Qu'est-ce qu'on va dire aux gens ? Qu'on l'a trouvé dans un champ de maïs ?

Souriant à l'enfant, Martha contempla son regard bleu et limpide. Il imita aussitôt son expression et lui renvoya un sourire radieux. Alors, elle se tourna vers son mari et lui dit :

— On ne l'a pas trouvé, Jonathan. C'est lui qui nous a trouvés.

2

Jonathan et Martha Kent prirent l'enfant avec eux à la ferme. Après avoir décidé de l'adopter et de l'élever comme leur propre rejeton, ils se promirent de ne raconter à personne les étranges circonstances de l'arrivée du garçonnet. Si les gens venaient à poser des questions, ils expliqueraient que la sœur de Martha venait de décéder et qu'elle leur avait confié la vie de son fils.

Jonathan prit soin de dissimuler la capsule spatiale dans un abri souterrain antitornade situé au fond de sa propriété, s'assurant ainsi de ne dévoiler à quiconque l'identité de son nouvel enfant. Plus tard, dans les quartiers louches de Métropolis, il se ferait fabriquer un faux certificat de naissance, histoire de donner une allure normale aux événements. La seule chose qui comptait à présent pour les Kent était que personne n'apprenne la vérité sur son arrivée sur Terre.

Ils l'appelèrent Clark, du nom de jeune fille de Martha, et se réjouirent de le voir grandir. Peu à peu, ils découvrirent que la force qu'il avait montrée en les libérant de leur véhicule accidenté ne constituait qu'un préambule à d'étonnants pouvoirs.

A l'âge de quatre ans, Clark soulevait sans problème et d'une seule main le canapé du salon. Lorsqu'il avait besoin de se dépenser, il parcourait la propriété de cinquante hectares en moins de cinq secondes. Et, à huit ans, un jour qu'il s'amusait dans la grange, une barrique de lait lui atterrit droit sur la tête. Il s'en tira sans aucun hématome.

Les Kent observèrent bien entendu le plus grand secret sur tout cela, de peur que, si les autorités découvraient que leur fils venait d'une autre planète et possédait des pouvoirs surnaturels, elles ne le leur enlèvent afin de le faire examiner et le transformer en objet vivant d'expérimentations scientifiques.

Ils empêchèrent donc Clark de participer à toute activité sportive ou de se joindre à des groupes de jeux, craignant non seulement que leur secret ne soit découvert mais aussi qu'il ne blesse accidentellement un autre enfant.

Lorsqu'il fut en âge de comprendre, les Kent lui annoncèrent qu'ils l'avaient adopté et qu'il devait cacher à tous ses incroyables pouvoirs. Ils ne lui parlèrent cependant pas de son arrivée sur Terre, du vaisseau qui l'avait amené ou de la façon dont ils l'avaient découvert ce jour-là. Encore très jeune, Clark accepta simplement ce que ses parents lui racontèrent, se contentant juste de penser que c'était assez cool de pouvoir faire toutes ces choses amusantes.

Smallville elle-même changea du tout au

tout durant les années qui suivirent la pluie de météorites. Qualifiée par une revue nationale de « Ville la plus étrange d'Amérique », elle apportait la preuve que les phénomènes les plus bizarres et les plus inexplicables se passaient toujours dans les bourgades apparemment les plus normales.

Des phénomènes bizarres – la pousse d'une tomate de soixante-huit kilos, qui gagna le premier prix à la foire locale ; le labrador retriever qui donna naissance à un chiot à deux têtes ; la guérison miraculeuse d'une femme gravement malade que les médecins avaient condamnée – devinrent de plus en plus courant à Smallville.

Certains étaient persuadés que la pluie de météorites était la cause de ces faits étranges. D'autres blâmaient la société LuthorCorp, installée à Smallville la même année, et qui avait fait de la fabrique *Ross Creamed Corn* une usine high-tech de produits fertilisants.

Après sa destruction, le panneau « Bienvenue à Smallville » fut reconstruit, son slogan devenant : « Capitale mondiale des météorites ».

La population, quant à elle, passa de 25 001 à 45 001 âmes au cours des douze ans qui suivirent ce jour fatidique.

Ces années passèrent très vite pour les Kent, le lourd travail de la ferme occupant la quasi-totalité de leurs journées. Faire face aux pouvoirs de Clark était parfois difficile mais les trois membres de la famille avaient appris, avec le temps, à gérer la chose.

A l'adolescence, cependant, la force de Clark s'accrut de façon spectaculaire, imprévisible et, parfois, incontrôlable. Alors qu'il subissait l'évolution propre à tout garçon de son âge, ses pouvoirs devinrent de plus en plus difficiles à dissimuler, et sa frustration ne fit qu'augmenter avec les limites que lui imposaient ses parents quant à l'utilisation de ses dons surnaturels.

Comme tout adolescent, Clark rêvait de se sentir normal, d'« adhérer au moule ». Il était aussi très curieux à propos de ses capacités, se demandant souvent si quelqu'un d'autre dans ce monde était capable d'accomplir les mêmes choses que lui.

Mais il n'y avait personne comme lui.

Aujourd'hui

Clark Kent, quinze ans, étudiait les pages Web que lui offrait l'écran de son ordinateur. Ses yeux bleu clair absorbaient à une vitesse hallucinante les articles qu'il lisait sur les gens dotés de pouvoirs extraordinaires.

Il y avait ce jeune Coréen de six ans qui avait soulevé une voiture sous laquelle était coincé son père ; cet adolescent surprenant qui venait d'être déclaré l'homme le plus rapide de la planète ; ce membre d'une tribu africaine qui avait survécu à un gigantesque incendie avec à peine une petite brûlure au bras.

Passant le plus clair de son temps à essayer de trouver d'autres personnes dotées des mêmes pouvoirs que lui, Clark collectionnait les histoires de ce genre et, inlassablement, poursuivait ses recherches.

Indifférent au bus du lycée qu'il risquait de rater, le jeune étudiant restait vissé devant son ordinateur, vêtu d'un jogging et d'un T-shirt, négligeant les vêtements qu'il avait l'intention de porter aujourd'hui à l'école. Sa chambre était bourrée de revues et de CD de toutes sortes, et ses livres d'étude éparpillés sur le sol, son lit et son bureau. Il savait que sa mère détestait voir ce désordre chez lui, mais ce n'était pas un problème.

— Clark Kent ! appela Martha du bas de l'escalier. Tu vas rater ton bus !

— J'arrive ! cria-t-il en réponse sans bouger pour autant.

D'abord finir de lire deux ou trois articles avant de s'habiller, ranger sa chambre, avaler un semblant de petit déjeuner et filer dehors pour sauter dans le bus qui était sur le point de passer.

Martha Kent se décida à monter pour faire sortir son fils de son antre.

Lorsque Clark entendit tourner la poignée de la porte, il se dit qu'il était temps de bouger.

S'écartant de l'ordinateur, il ôta son T-shirt et son pantalon, enfila les habits et les tennis qui attendaient dans son placard, coiffa ses épais cheveux bruns, classa ses CD par ordre alphabétique, empila les revues et les livres qui traînaient, remplit son sac des bouquins et des cahiers nécessaires à ses cours – tout cela avant que la porte ne s'ouvre.

— Bon mardi, Clark, lui dit sa mère en passant la tête dans l'entrebâillement. Si tu es habillé et que ta chambre est en ordre, qu'est-ce que tu fais encore là ? Ton petit déjeuner t'attend.

— Salut, m'man, répondit-il en souriant.

Ce dialogue était devenu un petit rituel entre Martha et son fils.

Elle lui tendit un costume bleu marine pendu à un cintre et recouvert d'un plastique transparent.

— Tiens, c'est à ton père, lui dit-elle.

— Pourquoi, quelqu'un est mort ? demanda-t-il avec un demi-sourire.

— Non, c'est pour le bal du lycée. C'est ce week-end, tu te rappelles ?

— Je n'ai pas de copine pour m'accompagner, maman, lui dit-il en évitant son regard. C'est clair que je n'irai pas.

— Tu as proposé à quelqu'un, au moins ?

— Non.

En soupirant, Martha pendit malgré tout le costume dans le placard de son fils.

— Je ne voudrais pas te décourager mais, le plus difficile dans le début d'une relation, c'est de proposer une sortie à quelqu'un.

— Peut-être, mais ça ne me prend pas la tête, tu sais, reprit-il en suivant sa mère dans l'escalier.

— J'aimerais juste que tu laisses les autres te voir tel que tu es.

S'arrêtant entre deux marches, elle ajouta :

— Je veux dire, à l'intérieur. Pas…

— Oui, m'man, je sais ce que tu veux dire.

Une fois dans la cuisine, Clark ouvrit le frigo, saisit une bouteille de lait et en avala une longue gorgée directement au goulot.

Ce qui n'amusa pas Martha, qui, avec un regard de reproche, lui prit le récipient des mains et le posa sur la table d'un geste ferme.

— Quoi ? dit-il sur un ton innocent. C'est bien meilleur comme ça.

— Où as-tu été élevé, dis-moi ?

— Dans une ferme, non ? répondit-il en riant sous cape.

Jonathan Kent entra à cet instant, secoua la poussière de sa veste et attrapa la bouteille de lait posée sur la table. Levé depuis l'aube, il s'activait comme chaque jour aux travaux de la ferme.

— Bonjour, l'endormi, lança-t-il à son fils avant de boire au goulot trois lampées de lait frais.

Clark ne put s'empêcher de jeter un coup d'œil amusé à sa mère, puis s'assit à table en remuant nerveusement un morceau de papier entre les doigts.

Forcée de fermer les yeux sur ce geste, Martha déposa devant son mari et son fils deux assiettes où grésillaient encore des œufs au bacon.

— N'oubliez pas que j'ai mon cours, ce soir, et que vous êtes seuls pour dîner, leur rappela-t-elle. Et, inutile de commander des pizzas, le frigo est plein !

Père et fils partagèrent un regard coupable : Martha savait diablement lire dans les esprits ! *Comment est-ce qu'elle savait ?* se demanda Clark. *C'est ça, être mariés depuis vingt ans*, songea de son côté Jonathan avant d'avaler une gorgée de café.

— Qu'est-ce que c'est ? interrogea-t-il soudain en voyant Clark tripoter un bout de papier depuis cinq minutes.

— Une autorisation de sauter les cours, répondit-il d'un air tranquille. C'est pour l'équipe de foot. Il y a une ou deux défections et on fait des essais, cet après-midi.

Jonathan prit le formulaire des mains de son fils et le considéra assez longtemps pour que Clark comprenne qu'il n'obtiendrait pas la réponse espérée.

— Allez, papa, rouspéta-t-il. Tu jouais bien au foot, quand tu étais au lycée.

— Ce n'était pas la même chose, Clark.

— Pourquoi ?

— Tu sais très bien pourquoi, rétorqua-t-il en posant l'autorisation sur la table.

Inspirant longuement, Clark regarda son père droit dans les yeux.

— Et si je ne cours pas trop vite et que je ne bouscule personne ?

— Il peut se passer beaucoup de choses dans l'excitation du jeu, tu sais.

— Mais, regarde, la plupart des nouveaux n'arrivent même pas à jouer, fit remarquer Clark. Si ça se trouve, je resterai sur le banc de touche la plus grande partie de la saison.

Leurs regards se croisèrent de nouveau. Jonathan ne broncha pas.

Clark aimait son père, mais son entêtement l'horripilait, parfois.

— Papa, insista-t-il d'une voix calme, je peux être très prudent, si je veux.

— Je sais, mon fils. Mais, s'il y a un accident ?

Vaincu, il baissa les yeux sur son assiette. Jonathan semblait décidément avoir réponse à tout. Plantant sa fourchette dans ses œufs, il en avala une énorme bouchée.

— Clark, je sais que c'est dur pour toi, déclara son père après un moment de silence. Mais tu dois te tenir tranquille ici comme tu nous l'as promis.

— J'en ai assez de rester cloîtré ici, justement, rétorqua-t-il avant de se lever de table.

Saisissant son blouson, il glissa sur son épaule la bandoulière de son sac à dos et embarqua la pile de bouquins qu'il avait entassés près de la porte.

— Tout ce que je veux, c'est terminer le lycée sans passer pour un total raté.

Sur ces mots, il tourna les talons et se rua au-dehors pour attraper son bus.

Martha, qui n'avait pas voulu intervenir dans la discussion, s'assit alors sur une chaise, près de son mari.

— Il faut qu'on lui dise la vérité, Jonathan.

— C'est notre fils. Nous l'avons adopté. C'est la seule vérité qu'il doit savoir, Martha.

Combien de fois avaient-ils abordé ce sujet délicat, ensemble ? Pourtant, le problème de l'arrivée de Clark sur Terre prenait chaque année une ampleur nouvelle.

— Aujourd'hui, c'était le football, dit-elle. Demain, ce sera quelque chose d'autre, tu le sais bien. Ce n'est plus un gamin, et il nous sera de plus en plus difficile de trouver une réponse à ses questions. Et puis, tu l'as remarqué, il change beaucoup, en ce moment.

— Il a toujours changé, corrigea Jonathan. Chaque année, il devient un peu plus fort et un peu plus rapide.

— Ce n'est plus pareil, aujourd'hui, insista Martha. La semaine dernière, je l'ai surpris en train de soulever un tracteur. Ses pouvoirs ne l'amusent plus comme avant. Ils le rendent différent, et cela peut constituer une terrible contrainte au lycée.

Jonathan reposa sa fourchette et regarda sa

femme. Il ne pouvait nier la sagesse de ses paroles, et il ressentait durement le fait que son fils se prenne pour un raté – ou craigne d'être pris comme tel. Mais il restait néanmoins persuadé que le secret familial devait rester caché aux yeux du monde.

— Nous avons toujours été d'accord là-dessus, Martha, lui rappela-t-il.

Lui prenant les mains, elle déclara :

— Nous sommes trois, dans cette famille. Et, à présent que c'est un jeune homme, nous devons prendre en compte les sentiments de Clark.

— Et s'il en parle à quelqu'un ? Tu imagines la police débarquant ici un beau matin pour nous enlever notre fils ?

Martha se leva brusquement de table.

— Si nous ne lui disons pas la vérité tout de suite, plus personne n'aura besoin de nous l'enlever, Jonathan. Il partira de lui-même !

Dehors, la tête basse, son sac à dos sur l'épaule, Clark descendait sans se presser l'allée au bout de laquelle devait passer le bus. *Ils n'imaginent pas ce que j'endure*, songea-t-il. *Papa était une star du foot, au lycée de Smallville, maman a grandi à Métropolis, loin des bandes qui se forment dans les petites villes. Ni lui ni elle n'ont dû affronter la peur de se faire passer pour un nullard... ou un monstre.*

Soudain réveillé par le bruit du bus qui redémarrait après avoir stoppé devant son arrêt, Clark s'écria :

— Attendez !

Galopant vers le bout de l'allée, il vit les lumières du véhicule disparaître au détour de la route.

— Mince ! marmonna-t-il. Décidément, c'est la galère, aujourd'hui.

Subitement, un large sourire lui illumina le visage. Il fit volte-face, se jeta dans le champ de maïs qui jouxtait la propriété de son père, et se mit à courir à une vitesse hallucinante, une légère traînée de poussière s'attachant à ses pas comme la queue d'une comète.

Dans le bus, deux des meilleurs amis de Clark faisaient un pari.

— Comment est-ce que tu peux parier contre ton meilleur ami, Pete ? lui dit une jolie jeune fille blonde en lui tendant un billet de cinq dollars.

Vêtue d'un long manteau au col bordé de fausse fourrure, elle avait le regard bleu et vif, et un sourire intelligent lui illuminait le visage. Elle n'était pas ravie d'avoir quitté Métropolis pour Smallville, mais c'était le travail de son père qui avait amené la famille dans cette tranquille bourgade. Et, comme à son habitude, Chloé Sullivan s'en était accommodée.

— C'est statistique, Chloé, lui expliqua Pete en cmpochant lc billet.

Ses cheveux coupés très court contrastaient avec son visage mat aux traits plutôt doux. Sur sa chemise gris foncé, il portait une veste cramoisie à laquelle il avait assorti un pantalon noir.

— Si Clark se bougeait plus lentement, il

serait terminé. Je savais qu'il raterait son bus. Il le rate tout le temps. Pour moi, c'est de l'argent facile.

Pete Ross était le plus jeune d'une longue lignée de battants. Chacun de ses frères avait été une star dans l'équipe sportive du lycée de Smallville, et les trophées exposés dans la vitrine du hall d'entrée étaient là pour le montrer. Estimant néanmoins qu'il n'en avait pas les moyens physiques, Pete n'essayait même pas de rivaliser avec eux et se retranchait derrière un puissant esprit d'à-propos et un sourire contagieux.

Le bus cahotait sur la petite route qui bordait le champ de maïs ayant naguère appartenu à la famille du jeune homme mais qui, aujourd'hui, était la propriété de LuthorCorp. Pete et Chloé avaient tous les deux un lien avec ce champ et les Luthor. La famille du garçon en avait un jour possédé les terres, et Gabe Sullivan, le père de Chloé, venait dernièrement d'être muté à Smallville pour prendre la direction de l'usine d'engrais chimiques de Lex Luthor.

Si l'un ou l'autre avaient eu l'idée de regarder par la vitre à cet instant, ils auraient remarqué une vibration étrange le long des hautes tiges de maïs tandis qu'une puissance invisible les traversait, dépassant le bus et accélérant vers le lycée de Smallville.

— Jamais je ne pourrais vivre dans une ferme, déclara Chloé en tournant juste un peu tard le nez vers la fenêtre. Ça fait trop... amish, tu vois.

La jeune fille se considérait comme une citadine sophistiquée, exilée par la force des choses dans une petite bourgade américaine. Ses ambitions s'étendaient bien au-delà des fermes, des champs et des agglomérations nouvelles qui se multipliaient aux alentours. Elle rêvait de travailler au cœur d'une grande ville, dans le monde du journalisme. Pour le moment, elle se contentait de jouer le rôle de rédactrice de *La Torche de Smallville*, la revue du lycée.

— Je vais te confier un secret, lui dit Pete. Cette petite communauté avec ses cubes préfabriqués à peine dignes d'un jeu Monopoly et que tu appelles des maisons, c'était une ferme, autrefois.

Il se rappelait le temps où ces fermes avaient commencé peu à peu à disparaître, laissant le champ libre aux promoteurs et à leurs urbanisations champignons. Puis il y avait tous les récits que ses parents lui avaient racontés. Installée à Smallville depuis 1870, la famille Ross avait des liens étroits avec la ville et son histoire.

Lorsque, douze ans plus tôt, Lionel Luthor avait manqué à sa parole et qu'il avait fait de *Ross Creamed Corn* une usine d'engrais, les Ross s'étaient sentis trahis. Depuis ce temps-là, ils évitaient tout contact avec lui. Et les habitants de Smallville les soutenaient en agissant de même.

— Je ne suis pas chez moi dans cette petite communauté, remarqua Chloé. Ce n'est qu'une escale forcée avant mon retour à Métropolis, et un job au *Daily Planet*.

Pete rejeta la tête en arrière et se mit à rire. *Chloé et ses rêves de gloire*… songea-t-il non sans reconnaître que c'était un des traits de son caractère qui la rendait si séduisante à ses yeux.

La traînée floue traversa à toute allure le jardin qui jouxtait le lycée, faisant sauvagement voler le linge qui séchait sur une corde tendue. Puis elle ralentit, laissant Clark planté devant le lycée de Smallville, son sac à dos sur l'épaule et ses bouquins à la main. Avec un sourire de satisfaction, il considéra la façade de brique et de pierres blanches en haut de laquelle flottait une bannière annonçant : « En route pour la victoire ».

Derrière lui, le bus pénétra dans le parking et s'arrêta dans un grincement d'essieux, libérant un groupe d'étudiants qui se dirigèrent sans attendre vers le bâtiment.

Pete se tourna alors vers Chloé, prit une longue inspiration et demanda :

— Quelqu'un t'a proposé de t'accompagner au bal de fin d'année ?

— Pas encore, répondit-elle platement.

— Dans ce cas… si ça ne marche pas avec qui-tu-sais, on pourrait peut-être…

— Pete, coupa-t-elle, si tu arrêtais une fois pour toutes de te jouer ce feuilleton. Clark ne m'intéresse pas !

— Hum… je prends note de ce violent démenti.

Avec un soupir exaspéré, Chloé s'arrêta net et regarda Pete. Qui lui renvoya un sourire radieux.

— Alors, j'en conclus que tu acceptes de m'accompagner. Pas en tant que petite amie officielle, bien sûr, mais… en amie tout court.

Pete mourait d'envie de sortir avec Chloé mais sa timidité et son manque d'assurance, ajoutés à la certitude qu'elle avait un gros faible pour Clark Kent, le forçaient à ne s'adresser à elle que sur le ton de la plaisanterie.

Sans lui laisser le temps de répondre, Clark surgit soudain derrière eux.

— Salut, les gars, lâcha-t-il.

— Mais… s'étonna Chloé, on t'a bien vu rater le bus, tout à l'heure ?

— J'ai pris un raccourci, répondit-il, comme si cela suffisait à expliquer la chose.

— Par où ? insista-t-elle. Un trou noir ?

— Pardonne-lui ses questions de journaliste, railla Pete. C'est son radar à détecter les bizarreries qui parle pour elle.

Meilleur ami de Clark depuis la maternelle, il était habitué depuis l'enfance à s'attendre à tout avec lui.

Chloé lui jeta un regard furibond, puis se tourna vers Clark et lui dit :

— Ce n'est pas parce que tout le monde préfère ignorer les choses bizarres qui se passent dans cette petite ville que je dois les ignorer moi aussi.

— Ecoute, Chloé, reprit Pete en prenant son copain par le bras, ça nous ferait très plaisir de t'accompagner dans ton trip fantastique mais on doit tous les deux présenter au responsable notre autorisation de sauter les cours.

Clark serra les lèvres. Comment allait-il annoncer à Pete qu'il ne participerait pas au match de foot de fin d'année ?

— En fait, improvisa-t-il, j'y ai repensé et…

je ne crois pas que ce serait une bonne idée, finalement.

Pete se planta devant lui et le regarda droit dans les yeux. *Qu'est-ce qui lui prend ? Hier, il était tout feu tout flammes pour y participer et voilà qu'il hésite, maintenant.*

— Rappelle-toi, Clark, c'est le seul moyen pour nous d'avoir la paix.

— Hein ?! s'exclama Chloé. Vous voulez faire partie de l'équipe de foot, maintenant ? Mais attendez, c'est du suicide !

La saisissant par les épaules, Pete l'entraîna à l'écart. Après s'être assuré que personne ne pouvait l'entendre, il murmura :

— Non, ce n'est pas du suicide. On essaie simplement tous les deux d'éviter le supplice de l'épouvantail.

— Le supplice… ? Mais de quoi tu parles ?

— Chut, tais-toi. C'est une tradition de la fête de fin d'année. Avant le match, les joueurs doivent choisir le plus bizarre des première année, l'emmener à Riley Field, le forcer à se mettre en short et peindre en rouge un « S » sur son torse nu.

— Ensuite, continua Clark, ils le ligotent à un poteau au milieu du champ de maïs, comme un épouvantail.

— Qu'est-ce que c'est que ce rituel stupide !? Vous êtes malades ou quoi ?

— Tu comprends pourquoi on préfère se faire intégrer dans l'équipe de foot, murmura Pete. On imagine qu'ils ne choisiront pas un des leurs.

Révéler ce petit secret à qui que ce soit – pire encore, à la rédactrice du journal de l'école – risquait d'avoir des conséquences cauchemardesques pour un lycéen. Mais Pete faisait une totale confiance à Chloé.

— Et si j'écrivais un article dans le *La Torche de Smallville,* qui révélerait les rituels cinglés de votre patelin ? suggéra-t-elle.

Une raison de plus de fuir au plus vite cette ville de péquenots pour revenir à la vraie vie des grandes cités, songea-t-elle.

— Hé, ne va pas te prendre pour Erin Brockovitch ! s'alarma Pete en se demandant si, finalement, il avait eu raison de lui faire confiance. Il y en a quelques-uns parmi nous qui aimeraient bien passer entiers le cap de la première année, je te signale.

Comme il tournait la tête vers l'entrée du bâtiment, Clark aperçut une jolie fille à la longue chevelure brune, aux yeux en amande pétillants de vie, aux lèvres charnues et au sourire éblouissant.

Perdant tout intérêt à la conversation qui se poursuivait entre Pete et Chloé, il lâcha :

— Je vous retrouve en cours.

Il réajusta son sac à dos et partit rattraper la vision en sweater bleu qui venait de mettre le feu à son cœur.

— A tout à l'heure, lui lança Chloé, amusée, alors qu'il était déjà loin.

Pete sortit alors le billet de cinq dollars qu'il avait gagné un peu plus tôt et le brandit devant le visage de la jeune fille.

— Je lui donne dix secondes.

— Cinq !

Comme Clark s'éloignait d'un pas tranquille, Pete compta :

— Un, deux, trois, quatre, cinq… !

Alors qu'il arrivait à quelques pas derrière l'adorable apparition, Clark pila comme s'il avait heurté un mur invisible, puis s'écroula dans les buissons qui bordaient l'allée de gravier, ses bouquins volant dans toutes les directions.

— Une vrai horloge, commenta Chloé en arrachant le billet des mains de son ami. C'est statistique, Pete. Clark Kent ne peut pas approcher Lana Lang à moins d'un mètre sans se ridiculiser complètement !

Furieux contre lui-même, Clark bondit sur ses pieds et commença à réunir ses documents éparpillés. Il connaissait Lana depuis sa plus petite enfance et, dès l'instant où il avait éprouvé quelque intérêt pour les filles, c'était avec elle qu'il avait choisi d'être. Aujourd'hui, sa toquade d'enfant s'était muée en un sentiment profond. Un sentiment qu'il tenait secret, à l'image de ses incroyables pouvoirs.

Lana vivait avec sa tante Nell, dans une maison située non loin de celle des Kent. La petite princesse de contes de fées était devenue une ravissante jeune fille, confiante et sûre d'elle, une élève modèle, une majorette fort populaire, et, dès sa première année, chef de file de sa classe.

Cependant, en l'observant, Clark devinait dans son regard une douleur cachée, du doute et, surtout, une grande tristesse. Voir ses parents tués devant soi par une bombe enflammée surgie du ciel n'était pas un événement dont on sortait en général indemne. Et, de tout son être, il cherchait à lui venir en aide. Mais, chaque fois qu'il l'approchait, la tête lui tournait, il perdait l'équilibre et se prenait une suée incontrôlable.

Alors qu'il allait récupérer son dernier livre par terre, Clark vit une main délicate le saisir à sa place. Levant les yeux, il rencontra le regard brun et profond de Lana. Puis il remarqua son collier, une petite pierre verte qui pendait au bout d'une chaîne en argent. D'un revers de manche, il essuya la sueur qui lui perlait abondamment sur le front.

— Nietzsche ? s'étonna-t-elle en lui tendant son livre de philo. J'ignorais que tu avais une face cachée.

Pour Lana, Clark était un garçon ordinaire et gentil, un ami sur lequel on pouvait compter, auprès duquel elle avait passé toute son enfance. Si elle ressentait quelque chose pour lui, elle n'en laissait rien paraître.

— Ah, euh… pourquoi ? demanda-t-il. Tout le monde n'en a pas ?

Leurs doigts s'effleurèrent lorsqu'elle lui passa le livre, ce qui le fit transpirer de plus belle.

— Si, bien sûr. Alors, qu'est-ce que tu es, toi ? Un type ordinaire ou un superman ?

— Hum… je… hum… balbutia-t-il en cherchant la première réponse qui lui viendrait à l'esprit. Je… je n'en sais rien, en fait.

Ils se sourirent. Un moment délicieux, pour Clark, malgré l'irrépressible nausée qui l'envahissait. Mais qui fut vite interrompu par une voix criarde :

— Lana ! Ah, te voilà !

Grand, blond, l'allure athlétique, un étudiant arrivait vers elle au pas de course. Il portait le blouson de l'équipe sportive, exhibant le « S » rouge et or du lycée de Smallville tandis que sur le dos apparaissait un grand corbeau noir, la mascotte de l'école, souligné par les lettres *CROWS*.

Avec passion, il embrassa Lana sur les lèvres, devant un Clark embarrassé qui se détourna discrètement.

— Salut, Clark ! lui lança-t-il après en avoir fini avec Lana.

— Salut, Whitney, souffla-t-il.

Furieux de sentir qu'il perdait complètement ses moyens, il s'était assis sur un muret qui bordait la pelouse dans l'espoir de retrouver un peu de son équilibre.

Athlète complet, meilleur attaquant de l'équipe de foot du campus, Whitney Fordman était le héros sportif du lycée et le petit ami de

Lana. Tous deux très beaux, très populaires, ils formaient un couple parfait et étaient apparemment très amoureux.

— Dis-moi, Lana, déclara-t-il en sortant une disquette de son blouson, j'ai une grosse faveur à te demander. Pourrais-tu jeter un coup d'œil sur mon devoir d'anglais. Je l'ai fini à deux heures, ce matin, et je ne suis pas certain de la conclusion.

En souriant, elle lui prit la disquette des mains et la glissa dans la poche arrière de son jean blanc. Puis elle serra son bras musclé et lui dit :

— Je suis sûre qu'elle est impeccable.

Whitney se tourna vers Clark dont le menton reposait sur la pile de bouquins qu'il tenait serrés contre sa poitrine.

— Ça va ? lui demanda-t-il. Tu as l'air complètement accablé.

— Ça va, ça va… répondit Clark en luttant pour ne pas s'effondrer à ses pieds.

Whitney avisa alors un livre oublié par terre.

— Tu en oublies un, Clark, lui dit-il avant de le lancer négligemment dans sa direction.

Comme il tendait la main pour l'attraper, Clark lâcha sa pile qui, de nouveau, dégringola sur le chemin. Sautant du muret, il trébucha et atterrit lourdement sur les fesses.

— Ça va, Clark ? lui demanda alors Lana.

— Oui, ça va, marmonna-t-il. Ça va très bien…

Quant il se releva en soupirant, ce fut pour la voir s'éloigner en compagnie de Whitney, sa main dans la sienne.

3

Dans les couloirs du lycée de Smallville régnait l'effervescence caractéristique d'avant le début des cours. Partout résonnaient des bruits de voix et de pas traînants tandis que les élèves se dirigeaient vers leurs classes respectives.

La sonnerie retentit enfin et, peu à peu, les corridors se vidèrent, à l'exception d'une longue silhouette restée dans le grand hall d'entrée. Plantée devant la haute vitrine où étaient exposés les trophées gagnés par l'équipe de football, elle semblait contempler les photos des joueurs victorieux et les coupes glanées çà et là par l'école.

L'étudiant – de première année, à en juger par la jeunesse de son visage – considérait avec intérêt les clichés encadrés de métal brillant. Un nom qui revenait souvent finit par attirer son attention : Ross, le nom des frères de Pete, si doués en sport. Des quasi-héros, à l'époque, mais dont l'étoile avait fini par pâlir, en même temps que le lycée de Smallville s'était vu réduit à une quantité presque négligeable.

Le poing serré, il levait le bras pour le diriger droit sur le portrait de trois joueurs au sourire triomphant, lorsqu'une voix retentit derrière lui :

— Les cours ont commencé, jeune homme.

Sans broncher, sans se retourner, il garda les yeux rivés sur la photo.

— Ayez au moins la politesse de me regarder quand je vous parle, lui dit l'autre. Je ne suis peut-être que l'assistant du principal mais j'ai droit, j'estime, à un minimum de respect.

Lentement, l'étudiant se retourna vers le personnage rondouillard qui s'adressait à lui. Impassible, il le considéra avec une expression déterminée que rien ne semblait pouvoir infléchir.

— Comment vous appelez-vous ? lui demanda l'assistant. Je ne crois pas vous avoir déjà vu dans cette école.

D'un geste souple, le garçon pivota subitement et envoya un puissant coup de poing dans la vitrine qui vola en éclats. Sa main restée à l'intérieur, il ouvrit les doigts et attrapa le portrait des trois joueurs avant de le serrer entre ses deux paumes.

— Vous avez perdu l'esprit ! s'exclama l'homme, scandalisé. Remettez ce cadre là où il se trouvait et suivez-moi dans mon bureau ! Vous pouvez vous attendre à avoir de sérieux ennuis.

Le saisissant par les épaules il s'apprêtait à le pousser en avant lorsqu'un puissant éclair bleu craqua entre eux deux comme s'il venait de toucher un fil électrique dénudé. L'assistant fit un vol plané à travers le hall, puis atterrit violemment contre le mur du fond avant de s'effondrer, immobile, sur le carrelage.

Sans paraître affecté par cette petite interruption, l'étudiant baissa tranquillement les yeux sur la photo et la considéra avec sourire méprisant. Il se revit alors douze ans en arrière et sentit une rage irrépressible le submerger.

— Le jour de la vengeance est arrivé, grommela-t-il.

Le cadre argenté entre les mains, il fit volte-face puis, ignorant les débris de verre que ses pieds écrasaient, sortit du lycée d'un pas tranquille.

En cette fin d'après-midi, une Porsche gris métallisé dont la plaque d'immatriculation annonçait simplement LEX traversait à vive allure la route que bordaient d'interminables champs de maïs. Alors qu'elle pénétrait dans l'enceinte de la troisième fabrique d'engrais LuthorCorp, la voiture ralentit puis, dans un crissement de graviers, vint s'immobiliser devant l'entrée du bâtiment principal.

Les habitants de Smallville ne s'étaient pas encore accoutumés à la vue de cette énorme usine high-tech qui, depuis longtemps, avait remplacé les locaux de *Ross Creamed Corn*. Mais Lionel Luthor se souciait peu de ce que pensaient ceux dont la vie avait, un jour, été radicalement bouleversée. Sa seule ambition était le profit et, pour le moment, ce petit complexe agricole perdait de l'argent.

En nommant son fils à la tête de sa succursale de Smallville, Lionel espérait le voir évoluer et développer un goût pour les affaires. N'était-il pas le seul héritier de la fortune des Luthor, et celui qui, un jour, prendrait les commandes d'une société qu'il avait construite de ses propres mains et à la sueur de son front ?

Alors que Lionel considérait cette mission comme un challenge pour son fils, celui-ci voyait la chose comme une sorte de punition, pour n'avoir jamais atteint les grandes espérances que son père avait placées en lui.

Lex Luthor, vingt et un ans, descendit de sa voiture étincelante et considéra ce qui venait de devenir son nouveau royaume. Ou, plus exactement, son nouveau lieu de travail. C'était la première fois qu'il revenait à Smallville, depuis cette fameuse pluie de météorites qui, douze ans plus tôt, l'avait pris au piège en le privant tout à la fois de sa chevelure et d'une bonne partie de son enfance.

Se retrouver quasiment chauve dès l'âge de neuf ans ne lui avait pas rendu la vie facile. Il s'était habitué aux railleries et aux sobriquets du style « extraterrestre » ou « mutant » dont on l'avait affublé durant toute sa jeunesse. Mais il n'en restait pas moins un Luthor, comme son père ne manquait jamais de le lui rappeler, et, apprendre à se blinder et acquérir de l'assurance faisait autant partie de l'éducation de Lex que les études, les soirées et les matchs de polo.

Beau, plein d'assurance, le jeune homme était vêtu d'une chemise grise et d'une veste noire qui mettait en valeur son crâne chauve. Il détestait l'idée de se voir exilé dans cette petite ville perdue mais, s'il y avait une chose qu'il savait faire à la perfection, c'était s'adapter à une situation, quelle qu'elle soit.

Merci, papa, maugréa-t-il pour lui-même en pénétrant d'un pas pressé dans l'usine.

Son irruption dans le bureau du directeur fit sursauter l'homme à la carrure imposante, qui, les pieds nonchalamment croisés sur la table devant lui, mangeait un énorme sandwich.

— Je vous dérange ? demanda Lex en souriant.

Repoussant son repas, il bondit sur ses pieds et s'essuya maladroitement la bouche avec une serviette en papier.

— Monsieur Luthor ! s'exclama-t-il. Je ne vous attendais pas avant demain.

Le sourire de Lex se figea tout net. Tendant la main vers celui qui paraissait avoir entre cinquante et soixante ans, il déclara :

— M. Luthor, c'est mon père. Moi, c'est Lex, si ça ne vous ennuie pas.

— Gabe Sullivan, annonça l'autre avant de

jeter le reste de son sandwich dans la corbeille. Je vais vous faire visiter l'usine, si vous voulez bien.

— Excusez-moi, mais c'est du fumier ou du purin que vous fabriquez, reprit Lex en riant. Je ne vois pas ce qu'il y a à visiter, franchement.

Gêné par la réaction de son nouveau patron, Gabe prit un air renfrogné et ne sut que répondre. C'est alors que Lex avisa une photo sur le coin de son bureau : le visage souriant de Chloé, auréolé d'une épaisse crinière blonde.

— Votre fille ? demanda-t-il.

— Oui, répondit l'autre dont la mine parut se réjouir aussitôt. C'est Chloé. Elle va au lycée de Smallville. On n'était pas ravis de quitter Métropolis mais, voyez, je n'avais pas le choix. Elle espère y retourner un jour et devenir journaliste au *Daily Planet*.

— Hmm… commenta Lex en reposant le cadre sur la table avant de balayer la pièce du regard. J'ai moi-même un faible pour le *Gotham Globe*.

Un silence embarrassé s'installa entre les deux hommes, que Gabe finit par interrompre :

— Ecoutez, je sais que l'usine perd de l'argent, en ce moment, et que vous êtes venu faire le ménage, mais je pense que…

— Détendez-vous, Gabe, coupa Lex en levant les mains. Je ne mets personne dehors. Dès demain matin, nous passerons en revue le budget d'exploitation et nous verrons si nous pouvons réduire un peu les coûts sans perdre aucun emploi.

Les yeux de Gabe s'arrondirent de surprise.

— Mais, votre père a dit…

— Que les choses soient claires une bonne fois, trancha-t-il d'une voix ferme. Je suis peut-être le fils de mon père mais je ne suis pas son chien. Il m'a envoyé ici pour diriger cette usine et la rendre à nouveau lucrative. La façon dont je m'y prendrai ne regarde que moi.

La foule qui avait envahi les gradins se mit à rugir lorsque Clark Kent franchit la mêlée et se positionna derrière le centre. Jetant un coup d'œil vers la défense, il leva les mains pour accueillir le ballon.

Le long des lignes de touche, Lana Lang et les autres majorettes sautaient et chantaient en secouant leurs pompons pour encourager les joueurs.

La balle arriva droit entre les paumes de Clark qui se mit à courir comme un dératé. Smallville avait quatre points de retard sur son adversaire, et il restait douze secondes de jeu. Il devait réussir cette passe ou le match était perdu. Esquivant les mastodontes de la défense adverse, regardant à droite puis à gauche, il courait de plus en plus vite et n'hésitait plus à renverser celui qui se mettait en travers de son chemin, ou à sauter carrément par-dessus la tête de ses adversaires.

Six secondes… L'un après l'autre, Clark repoussa et anéantit les joueurs de l'équipe adverse, pour finalement atteindre l'extrémité du terrain une nanoseconde avant le coup de sifflet de l'arbitre et planter dans le gazon le ballon dont le cuir explosa sous le choc.

Sous les hurlements du public en délire, les coéquipiers de Clark le portèrent en triomphe. A la fin du tour d'honneur, il aperçut Lana dans sa minuscule jupe de majorette, s'extirpa du groupe de porteurs et, d'un souple bond, atterrit droit devant elle.

— Je savais que tu y arriverais, Clark, lâcha-t-elle, impressionnée, en lui passant les bras autour du cou.

Puis, tournant son visage de côté, elle lui offrit sa joue pour recevoir le baiser de la victoire, pendant que la foule en délire scandait son nom.

— Clark ! cria alors Pete pour la quatrième fois, l'arrachant brusquement à ce merveilleux rêve.

Il cligna des yeux... pour se retrouver simple spectateur de l'équipe de foot qui se démenait sur le terrain devant lui. En face, il vit Lana qui répétait avec le groupe de majorettes, non sans jeter de discrets coups d'œil du côté de Whitney en train de haranguer ses troupes.

— Clark, tu m'entends ?

— Oui…

Il se tourna et regarda Pete, debout à quelques mètres de là, coiffé d'un casque, et vêtu d'un maillot deux fois trop grand qui le faisait presque disparaître sous l'épais rembourrage de ses épaules.

— Tu peux me dire de quoi j'ai l'air ? lui demanda son copain en obtenant enfin son attention.

— D'un plaqueur totalement bidon, excuse-moi, répondit-il en secouant la tête d'un air désolé. Bonne chance quand même, Pete, et fais gaffe à ne pas te faire trop bousculer.

Il leva vers lui un pouce victorieux, puis dégringola les gradins en courant et sortit du stade.

Passant les vitesses l'une après l'autre, Lex Luthor mit la cinquième et appuya sur l'accélérateur. Sur l'étroite route de campagne, il fuyait aussi vite que possible l'usine d'engrais. Les puissantes basses de la stéréo lui faisaient battre les tempes et l'empêchaient de penser à la nouvelle vie qui commençait pour lui dans ce patelin perdu.

Non loin de là, sur un pont, accoudé à la rambarde, Clark Kent regardait couler la rivière en contrebas. Comment allait-il vivre les trois années de lycée qui l'attendaient ? Dans l'impossibilité de se joindre à l'équipe de foot de l'école, il semblait destiné à passer pour le roi des crétins jusqu'à la fin de sa vie. Ou, du moins, tant qu'il resterait à Smallville. Car, dans cette petite ville, une fois que l'on vous collait une réputation, elle ne vous lâchait plus.

Comment convaincre son père qu'il était capable de se montrer prudent ? Devait-il avouer à ses parents à quel point il souffrait de voir les autres réussir, de voir Lana tomber dans les bras de Whitney, alors que, malgré ses pouvoirs, il devait se contenter de contempler le spectacle coincé sur le banc de touche. Ses dons incroyables l'avaient ravi quand il était enfant mais, aujourd'hui, ils semblaient lui créer plus de soucis qu'autre chose.

Plongé dans ses pensées, Clark ne vit pas arriver le gros camion à l'opposé de l'endroit où il se tenait. Le véhicule transportait un important chargement de barbelés enroulés sur des cylindres de bois tenus en place par une série de solides courroies.

Alors qu'il atteignait le milieu du pont, le camion heurta un gros nid-de-poule qui le fit violemment osciller. Sous le choc, une des courroies lâcha, libérant un des énormes rouleaux qui dégringola de la remorque, roula quelques mètres sur la chaussée puis s'arrêta… au beau milieu du pont où Lex Luthor s'apprêtait à s'engager, mais qui lui était encore caché par un groupe d'arbres.

Le bruit du raclement de métal sur la chaussée ayant masqué celui du rouleau de barbelés chutant sur la route, le camionneur continua son chemin sans se douter du danger qu'il venait de laisser sur la route.

A plus de cent à l'heure, Lex déboucha sur le pont du côté où se tenait Clark Kent, et croisa le camion lorsque la sonnerie de son portable retentit. Comme il glissait la main dans sa veste à la recherche de son téléphone, ses yeux quittèrent la route l'espace d'une demi-seconde. Assez longtemps cependant pour que, lorsqu'il redressa la tête, il aperçoive trop tard le rouleau de barbelés qui lui bloquait le passage.

Lâchant son appareil, il donna un brusque coup de volant et écrasa la pédale de frein mais perdit en même temps le contrôle de sa voiture. Le crissement des pneus sur le goudron attira l'attention de Clark, qui se retourna d'un bond et vit la Porsche glisser irrésistiblement vers l'obstacle qui lui barrait la route.

Le véhicule heurta avec violence le rouleau de barbelés, fit un tête-à-queue, puis glissa en arrière le long du rail de sécurité qui doublait le garde-fou. Lex parvint malgré cela à redresser sa voiture, qui fit un autre demi-tour sur place, cogna de nouveau la rambarde et bondit en avant.

Ce qui restait du pare-chocs métallique pointait à présent en avant comme la corne d'un animal fantastique… et se dirigeait droit sur le piéton qui, plaqué contre la balustrade, regardait le spectacle, aussi impuissant qu'éberlué.

Debout sur les freins, les mains crispées sur le volant, Lex réalisa alors avec horreur que, non seulement il allait percuter le rail, le franchir et plonger dans la rivière, mais qu'il allait aussi embarquer cet innocent avec lui.

Leurs regards se rencontrèrent un bref instant, juste avant le choc fatidique.

CRAAAC !!!

La Porsche heurta Clark de plein fouet, l'écrasant contre la rambarde qui céda aussitôt. Embarqué avec la voiture, il décolla et plana pendant ce qui lui parut une éternité puis atteignit l'eau, disparut sous la surface et coula droit vers le fond glauque et glacé.

Ses paupières se fermèrent et ce fut le trou noir.

4

Des rayons de soleil perçaient l'eau tourbillonnante, jouant avec la carrosserie métallisée de la Porsche qui finit par se poser doucement dans le fond de la rivière.

Sous l'eau, Clark ouvrit les yeux. Le choc de ce qui venait d'arriver lui revint peu à peu à la mémoire. Il se passa une main sur la poitrine et constata qu'il n'avait aucune blessure apparente. Il ne ressentait aucune douleur, non plus. Pourtant, il savait que la voiture l'avait violemment percuté de front avant de le précipiter trente mètres plus bas.

LA VOITURE !!

Cette pensée subite bloqua toutes les autres questions qui lui envahissaient l'esprit depuis qu'il avait repris conscience. *Où est-elle ! Et si j'arrive trop tard ?*

D'une brasse puissante, il descendit vers le fond à la vitesse d'une torpille et atteignit la Porsche immergée, où Lex, inconscient, retenu par sa ceinture, oscillait mollement, son portable flottant non loin de lui. Le pare-brise avait été déchiqueté et l'arrière du véhicule était replié sur lui-même en accordéon.

Sans hésiter, Clark agrippa le bord du toit et tira dessus comme s'il ouvrait une boîte de conserve, puis arracha la ceinture de sécurité, saisit Lex par un bras et l'extirpa de l'épave.

De sa main libre, il rama pour remonter à la surface à la vitesse de l'éclair, explosa littéralement de sa prison liquide et nagea vers la rive en prenant soin de garder la tête de Lex hors de l'eau. Sans chercher à savoir s'il vivait encore, il l'allongea sur le sol, ignora son visage meurtri et ses lèvres bleuies, se pencha sur lui et colla son oreille contre son torse. Comme il ne décelait aucun battement de cœur, il lui pinça le nez, lui ouvrit la bouche et lui souffla de l'air dans les poumons.

Rien.

Bondissant de côté, il lui posa deux mains croisées sur la poitrine et appuya de toutes ses forces par à-coups réguliers.

— Allez ! cria-t-il. Reviens à toi !

Lex ne broncha pas.

Gagné par l'affolement, Clark pompa de plus belle. Au bout de quelques secondes qui lui semblèrent une éternité, le jeune homme remua enfin, puis se mit à cracher avant de tousser violemment.

Clark cessa aussitôt son massage tandis que Lex, dans un souffle rauque, reprenait sa respiration avec peine. Puis, lentement, il leva les yeux vers son sauveteur… pour rencontrer le regard bleu qu'il avait croisé juste avant de plonger dans la rivière.

— Je… J'aurais juré t'avoir heurté, lâcha-t-il d'une voix rauque avant d'être repris par une toux saccadée.

— Si vous l'aviez fait, je serais…

Il s'interrompit, regarda le rail défoncé derrière lui et ajouta :

— Je serais mort.

Le teint soudain blême, il se laissa tomber à côté de Lex, regarda ses mains et comprit avec stupéfaction qu'il possédait un nouveau pouvoir. Peut-être le plus puissant de tous. Il n'était pas blessé, n'avait rien de cassé et pas la moindre égratignure.

Evidemment, il y avait ce bidon de lait qu'il avait un jour reçu sur la tête sans aucun dommage, et les nombreuses fois où il était tombé sans s'abîmer les genoux ; des incidents qui lui avaient permis de comprendre qu'il possédait une résistance particulière. Mais, se faire écraser contre un rail de sécurité par une voiture lancée à pleine vitesse, et plonger ensuite dans une rivière pour en ressortir parfaitement indemne… Qui était-il ? *Qu*'était-il ?

— Ça va, toi ? lui demanda Lex, enfin parvenu à s'asseoir.

— Oui… ça va.

Assez vite, une ambulance arriva, suivie de près par deux voitures de police, par un camion équipé d'une grue et, bientôt, par une foule de badauds venus assister au spectacle. Les infirmiers bandèrent les plaies de Lex Luthor et proposèrent à Clark une couverture chaude qu'il accepta en tremblant un peu. Il était encore sous le choc, non pas de comprendre qu'il avait évité de justesse un accident fatal, mais d'avoir découvert qu'il était parfaitement indemne.

Dans un crissement de pneus, Jonathan Kent arrêta son pick-up à l'entrée du pont, bondit du véhicule, dégringola la pente escarpée qui descendait vers la rivière et se rua sur son fils. Clark se redressa d'un mouvement souple et embrassa son père, sincèrement heureux de le voir, de sentir enfin quelque chose de normal au milieu de la folie qui l'entourait.

— Tu vas bien, mon garçon ? lui demanda Jonathan en relâchant avec peine son étreinte.

— Oui, papa.

Puis il tourna la tête vers un policier qui rédigeait un constat sur un bloc-notes et lui demanda :

— Qui est le fou furieux qui conduisait cette voiture ?

— C'est sans doute moi, résonna une voix derrière lui.

Le père et le fils firent volte-face en même temps pour apercevoir celui qui s'avançait vers eux, la main tendue.

— Lex Luthor, annonça-t-il.

Jonathan lui jeta un regard chargé de dédain et, ignorant la main qu'il lui offrait, se détourna.

— Jonathan Kent, lâcha-t-il en ôtant sa veste qu'il glissa sur les épaules de Clark. Voici mon fils.

Jamais il n'avait rencontré Lex Luthor mais il connaissait son père qui, en achetant des terres à Smallville, avait fait d'énormes promesses aux fermiers avant de revenir sur sa parole, les laissant ainsi dans le désarroi le plus complet. Jonathan n'éprouvait donc que le plus grand mépris pour tous ceux qui portaient le nom de Luthor.

Abaissant sa main, Lex préféra s'adresser à Clark.

— Merci de m'avoir sauvé la vie, déclara-t-il platement.

Que pouvait-il dire d'autre ?

— Je suis sûr que vous auriez fait la même chose, lui répondit Clark avec un sourire crispé.

Son père n'aimait pas les Luthor, cela paraissait évident. Mais, pourquoi ?

Alors qu'ils commençaient à grimper la pente vers le pont, Lex lança à Jonathan qui marchait devant lui :

— Vous avez là un garçon extraordinaire. J'ai une énorme dette envers vous ; comment pourrai-je m'en acquitter ?

Jonathan s'arrêta net, fit demi-tour et redescendit vers Lex. Arrivé à deux pas de lui, il laissa simplement tomber :

— Conduisez moins vite.

Lex les regarda gravir la berge escarpée tandis qu'un craquement métallique résonnait soudain derrière lui. Il pivota et vit la grue arracher à la rivière sa voiture accidentée. Ruisselante d'eau, celle-ci pendait lamentablement au bout d'un câble d'acier, avec son toit à demi arraché et roulé de côté comme le couvercle d'une boîte de sardines.

Ce toit avait-il pu être arraché par le seul impact de la Porsche contre le rail de sécurité ? Lex en doutait sérieusement. Il était sûr d'avoir heurté le jeune Kent et d'avoir rencontré son regard une nanoseconde avant le choc. Pourtant, cela semblait impossible. S'il l'avait écrasé ou seulement accroché, Clark serait mort sur le coup. Mais il avait survécu et, grâce à ce miracle, lui-même était en vie et avait à présent une dette éternelle envers lui.

Une dette que Lex Luthor n'était pas près d'oublier.

Ce soir-là, dans la cuisine des Kent, Jonathan fouillait dans une pile de factures pendant que Martha lisait un livre sur les nouvelles techniques de culture biologique. Durant tout le dîner, Clark s'était montré étrangement calme, avait esquivé les questions de ses parents sur l'accident et s'était efforcé de rester en dehors de leur conversation. Après le repas, il était monté directement dans sa chambre, en invoquant l'excuse d'une grosse fatigue après le choc qu'il avait subi dans la journée.

Martha leva les yeux de son livre.

— Quand tu es venu le chercher, il t'a raconté les circonstances de l'accident ? demanda-t-elle à son mari.

— Rien, répliqua Jonathan. Pas un mot, c'est clair.

Elle se cala contre le dossier de sa chaise et secoua la tête.

— Voilà qu'il se met à avoir des secrets pour nous, soupira-t-elle. Il n'était pas comme ça, avant. Qu'est-ce qu'on peut faire ? Je ne voudrais pas le voir s'éloigner de nous.

Jonathan repoussa ses papiers avec un peu plus de force qu'il n'aurait voulu.

— Malheureusement, Clark ne nous est pas arrivé avec le mode d'emploi, répliqua-t-il sur un ton aigre. Où ai-je mis cette fichue facture d'aliments ?

S'approchant du frigo, Martha prit la note qui y tenait par un aimant.

— Il faut tout lui raconter, Jonathan, déclara-t-elle en lui tendant le morceau de papier. Il se pose des questions et il cherche les réponses partout sauf chez ses parents, les deux personnes qui l'aiment le plus au monde. Il faut lui parler.

Dans sa chambre, Clark lisait et relisait les articles racontant l'histoire de personnes ayant survécu de façon étonnante à de dramatiques accidents. Pourtant, le récit du petit Indien ressorti indemne d'une chute de dix étages, celui d'une enfant chinoise piégée sous l'eau durant quinze minutes ou celui de ce Canadien qui avait passé deux semaines sur un glacier sans s'abriter, ni boire ni manger, tous ces événements incroyables ne répondaient en rien aux questions qui lui taraudaient l'esprit.

Il ôta son T-shirt et, pour la dixième fois, inspecta son torse, son ventre, ses épaules et ses bras, pour y trouver, sinon une blessure, au moins une égratignure, quelque chose qui prouverait qu'il avait bien été heurté par une voiture. Rien. Pas une trace.

Il se rhabilla et, en silence, descendit l'escalier puis se dirigea vers la porte arrière de la maison. Il traversa le jardin, admira un instant la pleine lune de cette nuit d'octobre, puis pénétra dans la grange. Là, il se hissa dans le grenier à foin, son sanctuaire, sa forteresse de solitude, comme l'appelait son père.

Allant se poster devant son télescope, il le dirigea vers l'astre blafard dont il balaya un à un chaque cratère. Puis il fit pivoter l'appareil et l'axa sur les champs baignés de lune, avant de faire le point sur la maison fraîchement repeinte de la propriété qui jouxtait la sienne.

Ainsi placé, Clark vit alors la porte d'entrée s'ouvrir… sur Lana Lang qui alla s'asseoir sur la balancelle de la terrasse pour y prendre le frais. Les jambes repliées sous elle, elle leva rêveusement les yeux vers le ciel.

Le cœur battant, Clark écarta son visage du télescope et, pour la première fois de la journée, sourit, non sans réaliser à quel point Lana avait le pouvoir de le faire décoller. Pourtant, comme il appliquait de nouveau son œil sur le viseur, le charmant spectacle qui s'offrait à lui se décomposa : une autre silhouette venait d'apparaître sur la terrasse.

Whitney se plaça derrière Lana et l'entoura de ses bras. Le visage soudain épanoui, elle appuya la tête contre son torse. Tendrement, il lui embrassa la joue, puis laissa sa bouche venir à la rencontre de ses lèvres.

— Whitney, soupira-t-elle en lui serrant affectueusement la main. Arrête, ma tante va revenir d'un moment à l'autre.

— Allez, murmura-t-il avant de lui passer les doigts dans les cheveux. On est tout le temps sur le qui-vive ; alors, un danger de plus ou de moins…

— Si tante Nell nous découvre ici, ta vie ne vaudra plus un clou, tu le sais.

— Mais, où est-elle, au fait ? demanda-t-il en contournant la balancelle pour venir s'appuyer contre la balustrade. A son club de bridge ?

— Non, chez Lex Luthor, lui répondit-elle alors qu'il venait s'asseoir auprès d'elle.

— Je ne savais pas que ta tante voyait les Luthor, s'étonna-t-il, impressionné.

Le nom de Luthor avait une forte consonance à Smallville, ce dont la plupart de ses habitants se seraient d'ailleurs fort bien passés.

— Elle leur a vendu des hectares de terres en quelques années, lui expliqua Lana.

— Mais, dis donc, ce sont eux qui possèdent les Métropolis Sharks ! C'est superintéressant ! Peut-être qu'elle pourrait leur parler de moi.

— Tu sais, dit-elle avec un sourire mystérieux, si tu veux vraiment être présenté aux Luthor, c'est à Clark qu'il faut demander ça.

— Clark ? Tu veux dire Clark Kent ?

— Oui. Il a sauvé la vie de Lex, aujourd'hui, lui annonça-t-elle avec un indicible ton d'admiration dans la voix.

Clark était son ami depuis pratiquement la maternelle, et Lana l'avait toujours considéré comme le plus doux et le plus sympa des garçons. Jamais elle n'aurait pensé que ce personnage timide et simple pouvait avoir l'étoffe d'un héros.

— Tu rigoles ?

— Absolument pas. Parfois, certaines personnes ont des côtés étonnants qu'on ne soupçonne même pas. Je trouve ça plutôt space. Pas toi ?

— Je n'en sais rien, répondit Whitney.

S'empressant de changer de sujet pour passer à celui qu'il préférait – le sien propre –, il ajouta :

— Il paraît qu'un joueur du Kansas vient participer au match de samedi. Tu es au courant ?

— Non. C'est génial ! s'exclama-t-elle, sincèrement contente pour son ami.

Elle savait à quel point il rêvait de réussir dans le foot et elle était toujours là pour le soutenir de ce côté.

— Je n'ai pas envie de devenir un autre « souvenir en vitrine », déclara Whitney avec une pointe d'amertume dans la voix. Smallville a assez eu de ce genre de joueurs.

La main sur la nuque, Lana défit le clip du collier qui lui ceignait le cou.

— Je voudrais que tu le portes, samedi, dit-elle en le lui laissant tomber dans la paume.

Whitney considéra la pierre verte qui pendait au bout d'une chaîne en argent et resta muet de stupéfaction.

— Je ne peux pas, Lana, murmura-t-il alors. Tu y tiens comme à la prunelle de tes yeux.

— Tu me la rendras après le match, quand tu auras gagné, le rassura-t-elle.

— Elle… cette pierre provient vraiment de la météorite qui a tué tes parents ? demanda-t-il pour regretter aussitôt ses paroles.

Cet événement dramatique ne constituait-il pas l'épisode le plus noir de la vie de Lana ?

La jeune fille eut un sourire désabusé quand elle répliqua :

— Oh, elle a été source de tant de malheurs que, maintenant, elle ne peut plus que porter bonheur, je crois.

Whitney glissa le bijou dans sa poche, non sans penser qu'il avait pour petite amie la fille peut-être la plus géniale de toute la terre. Puis il se pencha vers elle et l'embrassa à pleine bouche.

Clark Kent s'écarta du télescope, le visage crispé, les épaules affaissées. Il alla s'asseoir sur une balle de foin, fixa sans le voir le vaste plancher du grenier et se demanda quelle catastrophe pouvait bien encore lui tomber dessus ce soir.

5

Comme pour bien d'autres habitants de Smallville, les années de lycée de Tony Carozza restaient pour lui les meilleurs moments de sa vie. Membre de l'imbattable équipe de foot de 1989, il se considérait à l'époque un peu comme le héros de cette petite ville et savait apprécier les privilèges que lui conférait sa célébrité : les filles, la gloire, les tapes amicales de ceux qui le croisaient dans la rue, les encouragements et les bravos des anciens et des plus jeunes.

Comme beaucoup de ses coéquipiers, Tony était une star à l'école, mais pas assez bon toutefois pour participer aux rencontres universitaires. Sans éprouver cependant le besoin de s'investir à fond dans les études, il en était sorti sans aucun bagage universitaire, que ce soit du point de vue athlétique ou académique, et s'était retrouvé bloqué dans une ville où les opportunités de carrière n'avaient rien de mirobolant.

Heureusement pour lui, Tony possédait un don particulier pour la mécanique et les voitures. Après le lycée, il avait suivi quelques cours de commerce et travaillé plus dur que jamais pour obtenir son diplôme de mécanicien. Et, lorsqu'un job requérant ses capacités s'était présenté à Smallville, il avait sauté sur l'occasion. Ce qui ne l'avait pas empêché de continuer à s'entraîner trois fois par semaine pour garder sa forme d'athlète.

Aujourd'hui, les choses allaient donc plutôt bien pour lui. Dans l'ensemble, il avait eu plus de chance que ses copains de lycée, qui avaient échoué dans des caravanes en bordure de la ville, courant sans cesse après des petits boulots de fortune pour se payer de quoi manger. Tony était heureux dans son travail, vivait décemment et avait réussi à lâcher prise avec son passé.

Malheureusement, son passé n'avait pas voulu lâcher prise avec lui.

Il était en train de bricoler sous le capot de sa vieille Buick, du hard rock hurlant dans la minichaîne posée par terre au coin du garage *Frank Auto*. La nuit était tombée et il se sentait épuisé par sa journée qui avait commencé à sept heures du matin.

Dernière voiture, se dit-il en se glissant au volant pour mettre le moteur en route. *Allez, ma poule, démarre, que je puisse rentrer chez moi.*

CHUK-CHUK-CHUK-VROOOOM !

Tony sourit et descendit de la voiture. Après avoir réuni ses outils, il referma le capot et aperçut une silhouette d'adolescent longiligne, debout à l'entrée du garage, auréolée par l'éclairage de la rue.

Surpris par cette apparition soudaine, il fit un bond en arrière.

— Hé, tu m'as fichu une de ces trouilles ! Ecoute, on est fermé, maintenant. Reviens demain matin.

Muet, le nouveau venu ne broncha pas.

Essuyant avec un chiffon la graisse qui lui maculait les mains, Tony s'avança vers lui, étudia son visage et s'exclama :

— Mais, je te connais ! Tu étais le « supplicié » de 89, non ? Où tu avais disparu ? Et... c'est bizarre, tu devrais être beaucoup plus vieux, maintenant.

Immobile, le garçon paraissait incroyablement mince à côté du corps toujours athlétique de Tony dont les muscles saillaient sous son T-shirt moulant.

— Hé, le bizarroïde, lança-t-il, je te parle ! Emerge, un peu !

Comme il le saisissait par l'épaule, un violent choc électrique le secoua de part en part, qui dessina autour de son corps un halo bleu vif.

La force de la décharge envoya Tony valser en arrière contre une série d'étagères avant d'atterrir brutalement sur le sol de ciment.

— Mais... qu'est-ce qui te prend ? s'étrangla-t-il en portant une main à son épaule douloureuse. Ecoute, le môme, cette histoire de supplicié, ça date d'il y a douze ans. C'était juste un jeu...

Pour la première fois, le garçon bougea, s'avança vers Tony d'une démarche menaçante, un sourire machiavélique se dessinant sur son visage émacié aux yeux enfoncés dans leurs orbites.

— Que... qu'est-ce que tu veux ? cria le mécano, incapable de se redresser.

S'agenouillant à ses côtés, l'adolescent le regarda droit dans les yeux et son sourire s'accentua.

— Oui, c'est juste un jeu, murmura-t-il. Et maintenant, c'est à mon tour de jouer.

Il prit alors le bras de Tony et lui envoya une nouvelle décharge. Puis il le saisit par la taille et, d'une seule main, le souleva au-dessus de sa tête tandis qu'un flot d'énergie continuait de lui envahir le corps… qui finit par s'affaisser lamentablement comme une poupée de chiffon.

Lorsqu'il eut le sentiment qu'un minimum de justice avait été rétabli, l'inconnu précipita Tony contre le mur de parpaing. Sous l'impact, sa tête partit de côté et heurta un cadre suspendu dont elle brisa la vitre.

Comme il s'effondrait sur le sol, inconscient, son agresseur regarda la photo où souriaient trois joueurs de football, la même que celle qu'il avait dérobée dans la vitrine du lycée de Smallville.

Puis, faisant volte-face, il sortit tranquillement du garage.

Le lendemain du sauvetage de Lex Luthor, Clark se leva tard pour partir au lycée et, une fois de plus, manqua le bus. En dépit de son héroïque acte de courage de la veille, tout dans sa vie resta identique – c'était du moins ce qu'il croyait.

Après avoir traversé le champ de maïs à la vitesse de l'éclair, il s'arrêta pile devant l'entrée du campus et, d'une démarche nonchalante, se dirigea vers le perron du bâtiment. Chaque étudiant qu'il croisa le félicita chaleureusement, d'une accolade amicale, d'une fière tape dans la main ou d'une phrase du style : « Génial, Clark ! » ou : « Tu es le meilleur ! »

Etonné par tant d'enthousiasme, Clark monta les marches en haut desquelles il retrouva Chloé et Pete.

— Je suis bien dans le bon lycée ? leur demanda-t-il en secouant la tête d'un air incrédule.

— Hé, ne joue pas les modestes ! rétorqua Pete. Tu es un héros, maintenant. Un vrai !

— Oui, renchérit Chloé. Ce n'est pas souvent qu'un lycéen joue les trompe-la-mort en sauvant quelqu'un. C'est cool, ce que tu as fait !

— Tu es sûr d'échapper au supplice de l'épouvantail, maintenant, lui assura Pete.

— Mon père dit que tout le monde à l'usine ne parle que de toi, enchaîna la jeune fille.

— Et le mien pense que tu aurais dû laisser cet abruti se noyer au fond de la rivière, ajouta Pete. Je ne fais que répéter ses paroles.

— Si tu veux savoir, tout s'est passé si vite que je n'ai pas pris le temps de vérifier son identité. Ton père déteste tellement les Luthor ? Il ne connaît même pas Lex.

Pete baissa les yeux. Il était trop jeune pour se souvenir des histoires entre son père, son oncle et Lionel Luthor mais, en grandissant, il avait entendu dire pis que pendre sur cet homme puissant et ambitieux.

— Les Luthor ont bousillé notre famille, Clark, lui rappela-t-il. Mon père ne l'oublie pas et ne lui pardonne pas. Je n'y peux rien, si je ne l'aime pas ; c'est dans mes gènes.

— Pete, dit alors Clark en lui posant une main rassurante sur le bras, ça n'était que du business, pas un roman de Steinbeck. Je suis sûr que les Luthor n'y voyaient rien de personnel.

— Attends qu'ils s'en prennent à ta ferme ; tu me diras alors ce que tu penses de ton nouveau pote.

— Tu plaisantes ! lâcha Clark en éclatant de rire. Jamais mon père n'accepterait de vendre !

— Tels que je les connais, les Luthor ne lui laisseront pas le choix.

Sur ces mots, Pete tourna les talons et entra dans le bâtiment tandis que deux jolies filles saluaient Clark en souriant.

— Alors, qu'est-ce que ça fait d'être célèbre ? lui demanda Chloé.

— Euh… c'est sympa, répliqua-t-il en laissant errer son regard vers les deux étudiantes qui venaient de pénétrer dans le lycée. Très sympa, même.

Les félicitations, les sourires, les tapes amicales sur l'épaule ne cessèrent pas de la journée. Lorsque Clark rentra chez lui, en fin d'après-midi, un magnifique pick-up rouge flambant neuf trônait dans l'allée devant le garage, entouré d'un gigantesque ruban bleu vif.

En le découvrant, Clark stoppa net puis aperçut Martha, penchée sur le moteur d'un tracteur, des outils à la main et le visage maculé de taches de graisse.

— Salut, m'man ! lui cria-t-il en courant vers elle. C'est à qui, ce pick-up ?

Elle posa les outils près du véhicule, s'essuya les mains sur le devant de sa salopette, sortit une carte de visite de sa poche, la lui tendit et répondit :

— A toi. C'est un cadeau de Lex Luthor.

Abasourdi, son fils lut le message qui y était inscrit :

« Cher Clark, je n'oublie pas ma dette envers toi. Voici un petit cadeau, en compensation. Le fou à la Porsche. »

— Je n'y crois pas ! s'exclama-t-il en éclatant de rire.

Puis, le premier instant de stupeur passé, il demanda :

— Où sont les clés, m'man ?

— C'est ton père qui les a, laissa-t-elle tomber avant de retourner à son tracteur.

Glissant la carte dans sa poche, Clark courut vers la grange. Le bruit assourdissant de la tronçonneuse lui indiqua vite où se trouvait Jonathan. Debout devant la machine, un casque sur les oreilles, de ses mains gantées il fourrait des branches d'arbres dans la gueule de la mécanique hurlante d'où s'échappait une fine pluie de copeaux.

En apercevant son fils, il arrêta l'engin et ôta son casque. Sans laisser le temps à Clark d'ouvrir la bouche, il répondit à ses questions muettes et prononça les paroles qu'en secret son fils redoutait d'entendre.

— Je sais combien tu aimerais le garder, Clark, mais c'est impossible.

— Pourquoi ?

Son père allait-il toute sa vie lui refuser ce qui était source d'amusement et de distraction ?

— J'ai sauvé la vie de ce type, papa.

— Et tu crois mériter un prix pour ça ? lui demanda-t-il durement.

— Non, tu le sais très bien.

Sans ajouter un mot, Jonathan attrapa une branche et remit la machine en route.

Réfléchissant à toute vitesse, Clark chercha un compromis qui les satisferait tous les deux.

— Et si je te laissais le nouveau pick-up... je pourrais peut-être conduire le tien ? proposa-t-il. Comme ça, on sera gagnant tous les deux.

— Il ne s'agit pas de gagner, lui rétorqua son père.

Depuis le jour où Clark était entré dans leur vie, lui et Martha avaient tout fait pour lui enseigner les valeurs de base, lui apprendre à devenir un homme et à savoir discerner le bien du mal. Mais, lors de moments tels que celui-ci, sa frustration d'avoir affaire à un fils hors norme prévalait le plus souvent sur la notion que Clark s'en sortait finalement pas mal pour un enfant tombé du ciel.

— Allez, p'pa, insista-t-il, ce camion, ce n'est pas un gros sacrifice pour les Luthor. Ils sont r...

— Tu veux que je te dise ce que c'est ? coupa Jonathan en faisant volte-face avant de s'avancer vers lui. Tu te souviens de M. Bell ? On allait pêcher dans la rivière qui traversait sa propriété. Et M. Guy, qui nous offrait des potirons à chaque Halloween ? Lionel Luthor avait promis de racheter leurs terres en leur en laissant le contrôle, avec la promesse qu'ils gagneraient beaucoup d'argent tout en continuant de les cultiver. Il leur a aussi offert des cadeaux mirobolants mais, dès qu'ils lui ont vendu leur ferme, il s'est empressé de revenir sur sa parole. Non seulement il n'a fait aucune affaire avec eux, mais il les a chassés des terres sur lesquelles leurs familles avaient travaillé durant des générations.

— Alors, tu juges Lex d'après ce que son père a fait ?

— Non, Clark, soupira-t-il, je ne le juge pas. Je veux juste que tu saches d'où vient l'argent de ce camion qu'il t'offre si généreusement, c'est tout.

Comprenant que cette discussion resterait vaine, Clark préféra quitter la grange sans un mot.

— Ecoute, lui lança alors Jonathan, je sais que tu es contrarié. C'est normal.

Clark s'arrêta net, pivota puis s'avança rapidement vers son père.

— Normal ! s'écria-t-il avec colère.

D'ordinaire, c'était un garçon plutôt placide, dont le caractère conciliant savait à merveille calmer les esprits. Mais les événements de ces derniers jours – le refus de ses parents de le laisser rejoindre l'équipe de foot, la vision de Lana et de Whitney ensemble sur la terrasse, la découverte soudaine de son apparente invulnérabilité et, maintenant, l'entêtement de son père – tout cela commençait à avoir raison de sa patience.

— Normal ! répéta-t-il, hors de lui. Et *ça*, c'est normal ?!

Sans laisser le temps à Jonathan de comprendre ce qu'il faisait, Clark s'approcha de la machine et fourra sa main au plus profond de la bouche dévoreuse.

— Clark ! hurla-t-il en se précipitant sur lui

tandis que des débris de toutes sortes s'échappaient de l'engin infernal.

Lui saisissant le bras, il arracha son fils aux lames rotatives, puis resta muet de stupéfaction : déchiquetées, les manches des vêtements de Clark pendaient en lambeaux mais son bras nu, lui, était intact, sans la moindre trace de coupure.

Jonathan considéra son fils d'un air totalement atterré.

— Je n'ai pas plongé à la suite de la voiture de Lex, papa, lui révéla-t-il alors. Elle m'a heurté à plus de cent à l'heure, m'a écrasé contre le rail de sécurité et m'a envoyé tout droit dans la rivière. Ça te semble normal, *ça* aussi ?

Fixant le regard incrédule de son père, il ajouta :

— J'aurais donné n'importe quoi pour être normal, tu sais. Mais, voilà, je ne le suis pas.

Sur ces mots, il grimpa l'échelle qui montait vers le grenier à foin, son refuge, le seul endroit où il pouvait fuir le monde trop normal qui l'entourait. Après un coup d'œil à son télescope, il se laissa tomber sur une balle de foin et se prit la tête entre les mains.

Dehors, Jonathan se tourna d'un air inquiet vers Martha qui avait cessé de travailler sur le tracteur. Témoin, elle aussi, des nouveaux pouvoirs de Clark, ayant assisté à toute la scène, de la tête, elle indiqua le grenier à son mari. Qui comprit aussitôt ce qu'elle lui conseillait. Après un petit signe de la main, il monta rejoindre Clark dans son loft.

Il trouva son fils recroquevillé sur sa balle de foin, les genoux entre les bras, la mine défaite, l'air affreusement perturbé.

— Je savais que ce jour viendrait, lui dit-il simplement en venant s'accroupir à ses côtés. Ta mère et moi, nous le savions. L'heure est venue, Clark.

— L'heure est venue de quoi ? demanda-t-il sans relever la tête.

— De te dire toute la vérité. Je voudrais te montrer quelque chose.

De la poche arrière de sa combinaison,

Jonathan sortit un petit paquet. Après avoir défait l'étoffe qui l'entourait, il tendit à Clark une plaque de métal rectangulaire, de la taille d'un livre. Une de ses faces était couverte de symboles étranges, qui ne ressemblaient à aucun langage jamais écrit sur la Terre.

— Je crois que ça vient de tes parents, expliqua-t-il à son fils. Tes parents biologiques.

Clark lui prit l'objet des mains et examina les signes qui y étaient gravés.

— Qu'est-ce que ça dit ?

— Je n'en ai pas la moindre idée, mon garçon. Cela fait des années que je tente de les déchiffrer. J'ai montré cette plaque à toutes sortes d'experts mais, apparemment, c'est écrit dans un langage inconnu des hommes.

— Quoi… inconnu des hommes ? Qu'est-ce que tu entends par là ?

— Eh bien, voilà, Clark : tes parents biologiques n'étaient pas vraiment d'ici.

— Et alors, d'où étaient-ils ? interrogea-t-il avec un rire nerveux.

Voyant son père tourner la tête vers le télescope, il ajouta d'une voix inquiète :

— Qu'est-ce que tu veux dire, papa ? Que je viendrais d'une autre planète ?

Jonathan plongea les yeux dans ceux de son fils mais ne dit rien.

— Oui, c'est évident, enchaîna Clark, incapable de dissimuler le mélange de crainte et d'agacement qui l'envahissait. Et j'imagine que tu as caché mon vaisseau dans le grenier de la maison, c'est ça ?

— Dans l'abri antitornade, plus exactement, précisa Jonathan. Viens, je vais te le montrer.

Il suivit son père jusqu'au fond de la propriété, devant deux portes plaquées au niveau du sol, qui ouvraient sur un souterrain. Ce n'était qu'un espace réduit, creusé à même la terre, destiné à protéger une petite famille de l'attaque d'éventuelles tornades. Lorsque Clark était enfant, cet endroit lui faisait penser au *Magicien d'Oz*, quand tante Em et oncle Henry venaient s'y cacher et que Dorothy était incapable d'y descendre à temps.

Cela faisait des années qu'il n'y était pas allé lui-même. Encore troublé par la révélation que venait de lui faire son père, il ne savait pas s'il avait vraiment envie de s'y aventurer maintenant.

Jonathan tira sur la chaîne qui pendait au plafond bas et une ampoule nue s'illumina. Repoussant alors une vieille bâche de plastique, il dévoila un étrange objet métallique, marqué de violentes égratignures qui avaient l'air de cicatrices.

Clark s'agenouilla devant le vaisseau spatial, une capsule ovale et noire, pas plus grande que leur table de cuisine.

— C'est avec ça que tu as fait irruption dans notre monde, lui expliqua son père. Le jour de la pluie de météorites. Tu es tombé du ciel en même temps qu'elles et tu as rampé directement vers les bras de ta mère, comme si tu savais que là était ton destin.

Bouleversé, n'en croyant pas ses yeux, Clark se redressa et s'éloigna de la capsule. C'était impossible, hallucinant. Il savait qu'il possédait des pouvoirs hors du commun, mais ça…

— C'est une blague, hein ? parvint-il enfin à articuler.

— Non, Clark. C'est la vérité.

— Mais… pourquoi ne pas me l'avoir dit plus tôt ? demanda-t-il durement.

— Parce qu'on voulait te protéger, lui avoua Jonathan tout en comprenant que ce n'était là qu'une excuse boiteuse.

— Mais, enfin, me protéger de *quoi* ? Vous auriez dû m'en parler !

Sans attendre de réponse, Clark fit demi-tour, grimpa l'escalier de l'abri et bondit au-dehors avant de s'enfuir aussi vite qu'il le pouvait. Il s'évanouit dans un nuage de poussière, faisant tourbillonner sur son passage les feuilles tombées sur le chemin de la ferme.

— Clark ! appela Jonathan.

En vain.

Il est sans doute déjà à des kilomètres d'ici, songea-t-il. *Mais, qu'est-ce que je pouvais faire d'autre ? Il fallait bien que je le lui dise.*

Les champs de maïs et les maisons défilaient à une vitesse vertigineuse devant les yeux de Clark. Cependant, il avait beau courir vite, très vite, il ne pouvait fuir la réalité de l'être qu'il était.

Les champs de maïs et les maisons défilaient à une vitesse stupéfiante devant les yeux de Clark. Cependant il avait beau courir vite, très vite, il ne pouvait fuir la réalité de l'être qu'il était.

6

Ce soir-là, Lana Lang sella son beau cheval pie, prit le bouquet de fleurs sauvages qu'elle avait cueillies un peu plus tôt, monta en selle et quitta la maison de sa tante pour se diriger vers un étroit sentier qui serpentait au creux des bois. Bien qu'elle fît ce trajet chaque semaine, elle ne se sentait jamais à l'aise. Et pourtant, elle n'imaginait pas laisser passer plus de huit jours sans rendre visite à ses parents.

Au bout de quelques minutes, le cimetière de Smallville apparut. A la lueur d'une lune pâle, de fines traînées de brume s'élevaient au-dessus des tombes. Des arbres au tronc torturé semblaient tendre leurs bras noueux vers le ciel tandis qu'une mousse verdâtre grimpait le long des stèles anciennes. Le vent hululait entre les branches, en des cris plaintifs qui semblaient tout droit sortis de la gorge des disparus.

Lana arrêta son cheval, mit pied à terre et, serrant le bouquet entre ses bras, se fraya un chemin parmi les tombes, vers le seul endroit au monde où elle sentait une puissante connexion avec des parents qu'elle avait à peine connus.

Une brindille qui se brisa sous ses pas la fit sursauter.

— Qui est là ? lança-t-elle avant d'apercevoir une longue silhouette qui s'approchait d'elle.

— C'est moi, lui répondit une voix tremblante. Clark.

— Clark Kent ? demanda-t-elle, à la fois soulagée et surprise de trouver son voisin dans cet endroit désolé. Qu'est-ce que tu fais à traîner dans les bois ?

— Tu ne me croiras pas, si je te le dis. Je ne voulais pas te faire peur, en tout cas.

Comme il faisait mine de s'éloigner, elle le retint. Il y avait chez lui, à cet instant précis, quelque chose qui l'émouvait.

— Clark, attends ! Je ne voulais pas te faire partir. Je ne m'attendais pas à te trouver là, c'est tout.

Il se retourna et, soudain, le clair de lune révéla à la jeune fille ses yeux gonflés de larmes.

— Ça va ? lui demanda-t-elle, incapable de se rappeler si, un jour, elle l'avait vu pleurer.

— Ça dépend de ce que tu entends par « aller », répliqua-t-il d'une voix blanche.

— Ça veut dire se sentir bien, mais pas forcémcnt cn cxccllcntc formc, rćpondit-cllc en souriant.

— D'après toi, si je me balade dans un cimetière, ça veut dire que je suis en forme ?

— J'y suis bien, moi. Ça ne veut pas dire que j'ai le cafard.

— C'est vrai, admit-il en s'essuyant les yeux

du bout des doigts. Alors, qu'est-ce que tu racontes ? Qu'est-ce qu'une jolie fille comme toi peut faire dans un endroit aussi sinistre ?

Lana l'observa longuement. Pouvait-elle avoir confiance en lui ? Sans aucun doute. S'il y avait quelqu'un au monde à qui elle pouvait se fier, c'était bien lui, Clark. Le tranquille, le gentil Clark Kent.

— Tu peux garder un secret ? interrogea-t-elle dans un murmure.

Pour la première fois de la journée, il se prit à sourire.

Si seulement elle savait, songea-t-il. *Comment réagirait-elle si elle apprenait que je ne suis qu'un extraterrestre, venu d'une planète inconnue ? Est-ce qu'elle prendrait peur, s'enfuirait en hurlant ou me considérerait simplement comme un dingue ?*

— Je suis une vraie tombe… sans jeu de mots, lâcha-t-il.

— D'accord. Alors voilà : je suis venue ici pour parler avec mes parents. Tu dois me trouver un peu bizarre de converser avec des morts, non ?

Malgré la colère et la frustration qu'il ressentait encore, Clark parvint à se ressaisir. Il adorait bavarder avec Lana, quel que soit le temps ou l'endroit, même le soir dans un cimetière.

— Non, je ne te trouve pas bizarre, Lana, dit Clark en lui serrant doucement l'épaule. Tu te souviens un peu d'eux ?

— C'est difficile, avoua-t-elle. Ils sont morts quand j'avais trois ans. Parfois, une image me saute à l'esprit, rapide, fugitive. Celle d'un visage, d'un vêtement. Ou alors c'est une odeur, un parfum qui me semble familier. Je n'aurais jamais cru pouvoir regretter des personnes que je n'ai pratiquement pas connues.

— Je suis désolé, articula Clark sans trouver les paroles qui sauraient la réconforter.

— Ce n'est pas ta faute, dit-elle en tournant la tête vers lui. Allez, je vais te les présenter.

Le prenant par le bras, Lana lui fit franchir les quelques pas qui les séparaient de la tombe de ses parents. Sous la lune baignée de brume,

Clark distingua les mots gravés dans la pierre : LEWIS LANG 1957-1989 ; LAURA LANG 1959-1989.

Agenouillée devant la stèle, sous le regard attendri de Clark qui s'accroupit à quelques mètres d'elle, Lana y déposa le bouquet qu'elle venait d'apporter.

— Papa, maman, dit-elle alors en souriant, je vous présente Clark Kent. Allez, dis-leur bonjour.

— Bonjour, souffla-t-il en levant légèrement la main.

Pendant un instant, elle regarda la stèle de l'air le plus sérieux du monde puis lâcha :

— Oui, il est très timide… Je ne sais pas… Clark, maman voudrait savoir si c'est à cause d'une fille que tu as de la peine.

— Non, répondit-il en secouant doucement la tête.

— Papa, lui, voudrait savoir si c'est au lycée que quelque chose ne va pas.

— Non plus. Ça n'est rien de tout ça.

— Alors, franchement, pourquoi es-tu ici ?

— Lana… commença-t-il.

Il mourait d'envie de lui dire la vérité mais savait que c'était impossible.

— Tu… tu n'as jamais eu le sentiment que ta vie devrait être différente de celle qu'elle est en fait ?

Elle lui jeta un regard chargé de mélancolie avant de répondre :

— Parfois, je rêve que je suis à l'école, que j'attends Nell mais qu'elle n'arrive pas et que ce sont mes parents qui viennent me chercher à sa place. Ils ne sont pas morts, ils sont seulement très en retard. Alors, je monte dans leur voiture et ils m'emmènent vers ma vraie vie, à Métropolis. C'est à ce moment-là que je me réveille, en général et, pendant une à deux minutes, je me sens réellement heureuse… jusqu'à ce que je me rende compte que ce n'était qu'un rêve et que je suis seule.

Ce fut au tour de Lana de sentir ses yeux se gonfler de larmes. Elle ne s'était pas préparée à se confier de la sorte.

Devinant son émotion, Clark s'approcha et

s'agenouilla près d'elle devant la pierre tombale. Puis il pencha la tête de côté, comme s'il écoutait quelqu'un lui parler.

— Bien sûr, madame Lang, dit-il au bout d'un instant. Lana, ta mère veut que tu saches que tu n'es pas seule. Elle dit aussi qu'elle veille constamment sur toi, quoi qu'il arrive.

Puis, se rapprochant de la stèle, il continua :

— Comment, monsieur Lang ? Ah, oui… ton père pense que tu es donnée favorite pour l'élection de la reine de la fête.

Un large sourire éclaira le visage mouillé de larmes de la jeune fille.

— C'est… c'est ce qu'ils ont dit ?

— Oui, répondit Clark en l'aidant à se relever. Ils deviennent un peu bavards quand on sait les faire parler.

Reconnaissante, Lana lui prit la main.

— Je suis contente d'être tombée sur toi, dans ce cimetière. Mais il faut que j'y aille, maintenant.

— Moi aussi. On rentre ensemble, si tu veux bien ? La nuit est belle.

— Bien sûr, répliqua-t-elle en allant détacher son cheval qui attendait un peu plus loin.

Gardant le bout des rênes dans une main, elle l'entraîna derrière elle sur le chemin et partit à pied avec Clark.

Ils marchèrent en silence, non sans échanger de temps à autre quelques mots sur le lycée, sur Nell, la tante de Lana, ou sur le travail des Kent à la ferme. Puis ils émergèrent du bois et se retrouvèrent au bord du chemin qui séparait leurs deux maisons.

— Merci de m'avoir raccompagnée, Clark, lui dit Lana lorsqu'ils atteignirent l'allée de pierre qui menait devant son garage.

— Tu sais, ce n'est pas terrible pour une jeune fille de se balader seule dans les bois, à la nuit tombée, répliqua-t-il en souriant.

— Tu te rends compte qu'on n'a jamais autant parlé ensemble que ce soir ? Il faudra recommencer.

— Oui, il faudra…

Lana avait envie de le revoir, d'apprendre à le connaître davantage ! Enhardi par le merveilleux compliment qu'elle venait de lui faire, il ajouta :

— Alors, tu vas au bal de fin d'année ?

— Oui, répondit-elle sans attendre. Avec Whitney.

Bravo, Clark ! Quel imbécile tu fais !

— Ah oui, bien sûr.

— Et toi ? tu y vas ?

— Non. Si c'est pour y faire tapisserie, ce n'est pas la peine.

Encore bravo ! Montre-lui quel nullard tu es, pas fichu de te trouver une copine pour le bal !

— Ah, bon ? Enfin, si tu changes d'avis, je pourrais peut-être te réserver une danse.

Se hissant sur la pointe des pieds, elle lui déposa un gentil baiser sur la joue.

— Bonne nuit, Clark.

— Bonne nuit, Lana.

Sans bouger, il la regarda s'éloigner… jusqu'à ce qu'elle se retourne et lui adresse un sourire enchanteur. Alors seulement, il consentit à regagner lui aussi sa maison, à la fois surpris et comblé de délices.

Lana l'avait embrassé. Seulement sur la joue. Et alors ? Et elle voulait danser avec lui. Et puis, ce sourire qu'elle lui avait envoyé ! Ce qui avait commencé comme la pire soirée de sa vie ne se terminait pas si mal, après tout.

C'était du moins ce qu'il croyait.

De la terrasse où il se tenait dans l'ombre, Whitney avait observé l'émouvante scène d'amitié entre Lana et Clark. Le visage crispé par la colère, il le regardait rentrer lentement chez lui.

Epuisé par les diverses émotions de la journée, Clark dormit cette nuit-là comme un bébé. Le lendemain matin, avant d'aller au lycée, son père relança la discussion à propos du pick-up offert par Lex Luthor. Aussi récalcitrant qu'il fût devant la décision de Jonathan, le jeune homme se plia malgré tout à sa volonté et accepta finalement de rendre le véhicule.

Tout en conduisant à vitesse réduite pour savourer les quelques minutes pendant lesquelles le camion lui appartenait encore, Clark traversa la ville, à l'extrémité de laquelle se trouvait la demeure des Luthor. Arrivé devant les hautes grilles de fer qui fermaient la propriété de plusieurs hectares, il s'arrêta et en admira la beauté irréelle.

Le château gothique, avec ses hautes tourelles qui se découpaient contre le ciel gris ardoise, ne ressemblait à rien de ce qui se construisait alentour. Détonnant totalement avec la campagne traditionnelle américaine, ses jardins à l'européenne accueillaient les visiteurs en leur donnant l'impression de mettre le pied trois siècles en arrière.

La bâtisse elle-même, parfaitement entretenue, paraissait immense, interminable, hérissée de multiples toits en pointe et parsemée de dizaines et de dizaines de fenêtres, toutes semblables.

Clark appuya sur la sonnette du portail géant, attendit, mais ne reçut aucune réponse. Regardant autour de lui, il s'assura que personne ne le voyait, saisit deux barreaux de la grille et les écarta, juste assez pour pouvoir y passer sans peine. Une fois de l'autre côté, il leur rendit leur forme originelle et se dirigea vers l'imposante demeure.

Après avoir longé une allée bordée de chênes centenaires, il atteignit la massive porte de bois clouté, en souleva le heurtoir d'obsidienne et le cogna à plusieurs reprises contre le battant. Un écho sourd se fit entendre à l'intérieur.

N'obtenant toujours aucune réponse – il s'attendait presque à voir apparaître un valet qui l'aurait accueilli avec un sourire poli –, Clark ouvrit lui-même la lourde porte et se glissa à l'intérieur.

Le grand vestibule aux murs recouverts de riches boiseries de merisier était plongé dans l'obscurité. Au centre, un large escalier montait en se divisant en deux vers les étages supérieurs. Confus, sans comprendre pourquoi personne ne se précipitait pour le recevoir ou le jeter dehors, Clark opta pour la simplicité.

— Hello ! lança-t-il. Il y a quelqu'un ? Je voudrais parler à Lex Luthor !

Toujours aucun signe de vie.

Traversant le vaste hall, il se dirigea vers une

double porte située tout au fond, à gauche de l'escalier. Comme il s'en approchait, Clark entendit un son métallique et bref qui semblait se répéter et s'intensifier en même temps, avant de cesser puis de reprendre sur un rythme plus rapide encore. Sans bruit, il ouvrit le battant et pénétra dans la pièce.

Un salon aux dimensions impressionnantes s'offrit à son regard. Au centre, deux silhouettes vêtues de blanc de la tête aux pieds, le visage couvert par un masque de métal tissé, semblaient engagées dans un féroce match d'escrime. Les deux épées s'entrechoquaient avec des tintements aigus tandis que les adversaires, les bras haut levés, dansaient et bondissaient sans paraître le voir.

A la fois ennuyé d'avoir fait irruption en plein duel et désireux d'éviter un coup d'épée, Clark alla se poster derrière une armure, oubliant dans le même temps la découverte toute récente de sa totale invulnérabilité.

D'une attaque aussi soudaine que puissante, un des escrimeurs épingla l'autre contre le mur et plongea en avant, touchant du bout de son arme la poitrine de son adversaire avant de crier victoire. De frustration, le vaincu jeta son épée à travers la pièce, qui alla se planter dans la boiserie du mur, juste derrière l'armure… à quelques centimètres de la tête de Clark.

Otant son masque, celui qui se révéla être Lex Luthor en personne, regarda son sauveteur de la veille d'un air abasourdi.

— Clark ! Je ne t'avais pas vu.

— J'ai sonné mais personne n'est venu m'ouvrir, expliqua-t-il sur un ton penaud.

— Comment as-tu passé le portail ? demanda-t-il en arrachant son épée du mur.

Le système de sécurité était-il défaillant ?

— J'ai… je suis passé à travers les barreaux, s'empressa-t-il de répondre. Mais, je te dérange, peut-être ?

— Oh, non, non.

Son adversaire ôtait son masque à son tour, laissant tomber une cascade de cheveux bruns autour de son visage de madone.

— Je crois que Haïki m'a assez botté les fesses pour aujourd'hui.

Il tendit son équipement à la jeune femme qui le prit en silence et sortit discrètement du salon.

— Cette maison est magnifique, dit alors Clark.

— Oui, à condition d'être mort et à la recherche d'un endroit à hanter, rétorqua Lex avec sarcasme.

— Je voulais dire… c'est très grand, voilà, corrigea Clark.

Pourquoi devant Lex, même s'il était gentil avec lui, se sentait-il comme un gamin ?

— C'est la maison de mes ancêtres. Mon père l'a fait démonter pierre par pierre et transporter ici directement d'Ecosse.

— Je m'en souviens. Pendant des semaines, les camions ont traversé la ville. Tout le monde était intrigué et impatient, mais personne n'est jamais venu y habiter.

— Mon père n'en avait surtout pas l'intention, lui avoua Lex en attrapant une serviette pour essuyer son front et son cou humides. Il n'a même jamais passé le seuil de cette maison.

— Alors, pourquoi l'avoir fait venir jusqu'ici ?

D'un geste, Lex lui fit signe de le suivre.

— Parce qu'il le pouvait, c'est tout. Dès l'instant où elle a été reconstruite ici, il s'est mis en tête de chercher autre chose à conquérir. Voilà comment fonctionne mon père.

Il passa dans une autre salle, tout aussi impressionnante aux yeux de Clark, avec ses boiseries sculptées et sa cheminée de marbre, mais emplie d'appareils d'exercices et de musculation. Au fond, ce n'était qu'une pièce parmi les quarante-neuf autres de la demeure.

— Alors, ta nouvelle monture ? interrogea-t-il avant d'avaler une demi-bouteille d'eau minérale.

— C'est précisément pourquoi je suis ici, répliqua Clark, heureux, dans un sens, de ne pas avoir eu à se lancer tout seul dans une explication embarrassante.

— Qu'est-ce qu'il y a ? Tu ne l'aimes pas ?

— Non, ce n'est pas ça. Mais… je ne peux pas le garder.

— Clark, tu m'as sauvé la vie. Je t'ai fait ce cadeau pour te remercier. C'est la moindre des choses, non ?

Clark baissa les yeux. Il n'y avait rien à dire.

— Ton père ne m'aime pas, c'est ça ? continua Lex devant son silence gêné. C'est bon, ne t'inquiète pas. Je suis chauve depuis l'âge de neuf ans ; j'ai l'habitude que les gens me jugent avant de me connaître.

— Il n'a rien contre toi, reprit vivement Clark. Il n'adore pas ton père, c'est tout.

— J'imagine qu'il pense que la pomme ne tombe jamais loin de l'arbre, commenta-t-il en enlevant sa chemise trempée de sueur. C'est compréhensible. Et toi, Clark, tu es tombé loin de l'arbre ?

— Souvent, j'ai l'impression d'être d'une autre planète que celle de mes parents, répondit-il en regrettant aussitôt sa plaisanterie.

— Je comprends ce que tu veux dire. Mon père et moi, on ne pourrait pas être plus différents l'un de l'autre. J'espère seulement que les gens de cette ville me laisseront une chance de le prouver.

Mal à l'aise dans ce palais glacé, Clark jugea plus sage de quitter les lieux.

— Je dois y aller, dit-il en lui tendant les clés du pick-up. Merci encore.

— Clark, tu crois qu'un homme peut voler ? demanda Lex à brûle-pourpoint.

— Bien sûr, lâcha-t-il en haussant les épaules. Dans un avion.

— Je ne parle pas de ça, reprit-il, l'air grave. Je parle de se propulser à travers les nuages, sans rien d'autre que l'air pour te porter.

— Personne ne peut voler, Lex, soupira-t-il avec impatience.

— Eh bien, moi, je l'ai fait. Après l'accident, quand mon cœur s'est arrêté. J'ai vécu les deux minutes les plus exaltantes de mon existence. Je volais au-dessus de Smallville et, pour la première fois, je ne suis pas tombé sur un cul-de-sac. J'ai découvert au contraire un nouveau commencement, une sorte de renaissance. Et, grâce à toi, je me suis vu offrir une seconde chance.

S'approchant de Clark, il plongea son regard dans le sien et ajouta :

— Nous sommes l'avenir, Clark, et je ne veux pas que quelque chose vienne interférer avec notre amitié.

Après un signe de tête, Clark sortit de la pièce.

Il émergea dans le matin maussade, passa le portail – de la manière normale, cette fois – puis se dirigea tout droit vers la route qui menait à la forêt, derrière la demeure des Luthor. Une idée le taraudait : Lex attendait quelque chose de lui. Mais quoi ? Comment un garçon qui possédait tout pouvait-il avoir besoin d'un gars vivant dans une ferme et n'ayant même pas son pick-up à lui ?

Comme d'habitude en retard pour le lycée, Clark se rua à travers bois, esquivant à une vitesse hallucinante les obstacles qui lui barraient la route, pour déboucher sur un petit chemin conduisant à un champ de maïs dont la traversée lui était à présent tout à fait familière.

Tout en courant vers l'école, il songea un instant à parler du pick-up à Pete et à Chloé. Mais, juste avant d'arriver, il se ravisa et décida de garder tout cela pour lui. Ce qui ne ferait après tout qu'un secret de plus dans sa vie.

7

Lorsque l'école s'acheva, cet après-midi-là, Pete et Chloé partirent se balader en ville. Ayant quelques recherches à faire à la bibliothèque, Clark leur déclara qu'il les retrouverait plus tard.

Chloé devait couvrir l'ouverture d'un nouveau magasin de discount sur Main Street, lancé par un couple d'habitants de Smallville, qui espérait ainsi attirer des clients dans le centre, loin de l'immense galerie marchande qui sévissait à quarante-cinq minutes de là. Ce n'était pas exactement ce que le *Daily Planet* de Métropolis aurait considéré comme un scoop, mais la rédactrice de *La Torche de Smallville* sentait que c'était un événement majeur dans la vie économique de la petite ville, et qu'il méritait un reportage. Pete l'accompagna, profitant de la moindre occasion pour passer un peu de temps avec Chloé, quelle qu'en soit la raison.

Arrivés sur les lieux, ils tombèrent cependant sur un fait divers beaucoup plus important. Sous les yeux de dizaines de badauds rassemblés devant la pharmacie de Smallville, les assistants du shérif poussaient un brancard sur lequel gisait une personne inconsciente. Une ambulance attendait à quelques mètres, dans laquelle ils chargèrent précautionneusement le malade.

— Qu'est-ce qui s'est passé ? demanda Chloé à un homme près d'elle.

— C'est Freddie Post, répondit-il avec un accent de la campagne. Il travaillait à la pharmacie.

— Oui, reprit-elle d'une voix impatiente. Je sais qui c'est. Qu'est-ce qui lui est arrivé ?

— Il est dans le coma. Une électrocution, a dit le shérif. On ne sait pas vraiment comment ça s'est passé. Freddie était tout seul dans le magasin.

Chloé se tourna vers Pete.

— C'est la troisième victime, cette semaine. Les deux autres se trouvent au centre médical de Smallville, toujours dans le coma. Les trois ont subi un violent choc électrique, et le plus bizarre, c'est que ce sont tous des anciens joueurs du lycée.

— Des chocs électriques ? répéta Pete. C'est ce qui est arrivé à Swan, aussi, l'assistant du principal.

Il se souvint alors combien sa famille avait été choquée de voir un responsable du lycée attaqué de la sorte, et aussi d'apprendre que la vitrine des trophées de l'école ait pu être ainsi saccagée.

— Il va bien, aujourd'hui, mais il est incapable de se rappeler ce qui est arrivé. Tu sais qui sont les deux autres joueurs ?

— Tony Carozza et Wayne Higgins, lui répondit Chloé.

— Tony, qui travaille chez *Frank Auto*, et Wayne, l'employé de la poste ? interrogea-t-il, stupéfait. Ils faisaient tous les deux partie de la fameuse équipe de foot de 89... avec Freddie Post.

— Oui, c'est plus qu'une coïncidence, commenta Chloé. Surtout ici, à Smallville, la Capitale mondiale de la bizarrerie.

C'est alors que Pete remarqua un être étrange, parmi la foule.

— A propos de bizarre, qui est-ce, ce type ? demanda-t-il en indiquant un jeune homme de grande taille, au visage émacié et aux yeux enfoncés dans leurs orbites. Je ne l'ai jamais vu par ici. Moi qui croyais connaître tout le monde dans cette petite ville.

— Je ne sais pas, répondit-elle en levant vers ses yeux son appareil photo digital. Attends, mon petit gars, on va t'étudier de plus près.

Zoomant sur lui, Chloé le photographia en gros plan et rangea l'appareil dans son sac.

— Je crois qu'on devrait retourner au bureau et nous lancer dans une petite recherche.

Les deux amis retournèrent au lycée en prenant un raccourci à travers bois. Une fois dans les locaux de *La Torche de Smallville*, ils fermèrent la porte, allumèrent la lumière et mirent en marche l'ordinateur principal.

— Pete, regarde si tu peux trouver une copie de l'annuaire scolaire de 89, lui dit-elle en sortant l'appareil de son sac et en indiquant au jeune homme un placard métallique, à l'autre bout de la pièce. On découvrira peut-être des indices. Pendant ce temps, je charge cette photo sur l'ordinateur.

Au bout de quelques minutes, le portrait de l'étranger apparut en gros plan sur l'écran.

Pete, qui feuilletait les pages poussiéreuses de l'annuaire 1989 du lycée de Smallville, s'écria soudain :

— Chloé, regarde !

Il avait le doigt pointé sur une petite tête,

perdue au milieu des visages souriants des autres étudiants.

— Regarde ce type… Jeremy Creek.

Elle observa soigneusement la photo, puis se tourna vers celle qui occupait tout l'écran.

— Wouah ! s'écria-t-elle. C'est lui, douze ans plus tôt. Et voilà celle que j'ai prise tout à l'heure.

— Il est exactement pareil, s'étonna Pete. Il n'a pas vieilli d'un poil.

— Bienvenue à la cité de l'étrange ! Je crois qu'une enquête s'impose.

— C'est clair ! reprit-il, surexcité. Allez, on y va.

Durant les heures qui suivirent, Pete et Chloé s'acharnèrent sur Internet, sur les archives de *La Torche de Smallville* et sur le fax du journal. Ce qu'ils venaient de découvrir paraissait presque impossible, mais répondait pourtant aux nombreuses questions que soulevaient ces mystérieuses électrocutions.

— Il faut que Clark voie ça, dit Pete en achevant de lire une coupure de journal.

— Il est peut-être encore à la bibliothèque. Tu vas voir ?

— O.K., je reviens tout de suite.

Il trouva Clark installé derrière une pile de bouquins et plongé dans le travail. Heureux de cette interruption et intrigué par l'expression qu'il lisait sur le visage de Pete, il accepta de le suivre jusqu'au local du journal.

Là, ses deux amis lui récapitulèrent les événements de la journée, puis lui montrèrent les photos de Jeremy Creek.

— Ce n'est pas possible, articula-t-il, son regard passant de l'annuaire à l'écran de l'ordinateur. Ça ne peut pas être le même type. Il devrait avoir à peu près vingt-six ans, aujourd'hui. Ça doit être un gosse qui lui ressemble.

— C'est ce que je croyais moi aussi… au début, dit Pete. Jusqu'à ce qu'on retrouve ça, au Service des personnes disparues.

Il tendit un fax à Clark. Pendant qu'il le lisait, Chloé en résuma le contenu :

— Jeremy a disparu il y a quelques jours de l'hôpital où il gisait dans le coma depuis douze ans. Il souffrait d'un important déséquilibre électrolytique.

— Voilà pourquoi il n'a pas vieilli d'un poil, enchaîna Pete.

— Attendez, vous dites qu'il vient de se réveiller ? demanda Clark sur un ton sceptique. Comme ça ?

— Non, il y a eu un énorme orage électrique, continua Chloé. Qui a bousillé le générateur de l'hôpital. Quand le courant est revenu, Jeremy avait disparu.

— L'électricité générée par l'orage a dû le charger comme une pile.

— Et maintenant, de retour à Smallville, il s'amuse à balancer d'anciens sportifs du lycée dans le coma, conclut Clark en essayant de comprendre. Mais pourquoi ?

— Parce que, expliqua Pete, il y a douze ans, c'est Jeremy Creek qui a été choisi pour être le « supplicié » de Smallville.

— Regarde, dit Chloé en tendant à Clark une coupure de journal jaunie.

— « Un adolescent inconscient a été découvert dans un champ, à une vingtaine de mètres du lieu d'impact d'une météorite », lut-il à voix haute.

— L'explosion a dû provoquer quelque chose dans son corps, commenta Chloé. Quelque chose qui lui permettrait depuis d'absorber et de dégager de l'électricité…

Clark secoua la tête et reposa la coupure de papier. Le sens de ces événements se faisait soudain très clair dans son esprit. *Ce gamin était dans le champ quand le vaisseau s'est écrasé*… songea-t-il, effaré. *Quand j'ai atterri !*

— Non ! laissa-t-il tomber brusquement. Ce n'est pas possible !

Pete se tourna vers Chloé.

— Je crois que tu devrais lui montrer, dit-il en indiquant une porte, à l'autre bout de la pièce.

— Me montrer quoi ?

— Viens avec moi, Clark, reprit Chloé.

Suivie des deux garçons, elle traversa le bureau et entra dans la pièce obscure du journal. Elle alluma alors, révélant toute une panoplie d'appareils de développement de photos. Des négatifs pendaient sur des cordes, retenus par des pinces, et une série de photos étaient éparpillées sur une grande table.

Chloé montra à Clark le mur du fond.

— Tu vois, ça a commencé avec un album de coupures de journaux, et ça a fini par muter, lui expliqua-t-elle en traversant la pièce.

— Qu'est-ce que c'est ? demanda-t-il en regardant le panneau totalement couvert de coupures, d'articles de magazines et de photos de toutes sortes.

— J'appelle ça le Mur des Bizarreries, dit-elle fièrement. Ça regroupe tous les événements bizarroïdes et inexpliqués qui se sont passés à Smallville depuis la pluie de météorites. C'est de là que tout est parti. C'est là que la ville entière est devenue schizo.

S'approchant à son tour, Clark contempla la collection d'un air à la fois stupéfait et incrédule, alors qu'un horrible sentiment de culpabilité commençait à le dévorer. Le *Smallville Ledger*, le journal local, titrait : « UN HABITANT SE VOIT

POUSSER DES DOIGTS SUR LA MAIN GAUCHE ET EN PERD SUR LA MAIN DROITE ! » ; « LE DRAGAGE DE LA RIVIÈRE MET AU JOUR D'ÉTRANGES GÉODES LUMINESCENTES ! » ; « UNE FEMME SOUFFRANT D'UNE MALADIE INCURABLE GUÉRIT MIRACULEUSEMENT ! »

Tout ça à cause du vaisseau avec lequel je suis arrivé à Smallville, songea-t-il, horrifié.

— Alors, qu'est-ce que tu en dis ? lui demanda Chloé en souriant, fière de sa collection d'étrangetés.

Le visage blême, il lâcha :

— Pourquoi tu ne m'en as rien dit ?

Surprise par le ton de sa voix, Chloé rétorqua :

— Est-ce que tu me dis, toi, tout ce qui se passe dans ta vie ? On a tous nos secrets, Clark.

Le regard du jeune homme balaya le mur pour absorber autant d'informations que possible, aussi vite que possible. C'est alors qu'une image lui sauta aux yeux. Une couverture du *Time*, datée de la semaine ayant suivi la pluie de météorites, montrait le gros plan d'une fillette costumée en princesse, une tiare dans les cheveux, une baguette magique dans sa petite main serrée, et, surtout, une expression épouvantée sur son visage couvert de larmes. Sous la photo, la légende disait : UN CŒUR BRISÉ AU PAYS DU RÊVE.

Clark contempla longuement ce regard à la fois terrifié et désespéré. Quelque chose l'intriguait.

Puis, comme frappé par la foudre, il comprit. Une vague de nausée, mêlée d'un affreux sentiment de culpabilité, le submergea.

— Lana… souffla-t-il, le cœur soulevé par la vision de cette enfant traumatisée.

— Tout ça… c'est ma faute, balbutia-t-il.

La mort des parents de Lana, la destruction d'une grande partie de Smallville, et tous ces événements qui s'étalaient sur le Mur des Bizarreries de Chloé. Tout était sa faute.

Clark se détourna et sortit précipitamment de la pièce, laissant Pete et Chloé dans un silence stupéfait.

Dans le corridor, il se mit à courir pour

échapper aux terribles images qui se bousculaient dans son esprit. Arrivé dans le hall principal, il tomba sur un rassemblement sportif en l'honneur de l'équipe de foot.

Se frayant péniblement un passage parmi la foule, il se précipita à l'extérieur, dégringola les escaliers et quitta le lycée au plus vite, sans même savoir où il allait.

Alors qu'il traversait le parking, une main lui agrippa l'épaule.

— Laisse-moi tranquille, Chloé, dit-il avant même de se retourner. Je ne suis pas d'humeur à…

La puissante poigne le força à faire volte-face et il se retrouva nez à nez avec Whitney.

— Pas d'humeur à entendre ce que je viens t'annoncer, Clark ? Alors, tiens-toi bien : c'est toi le « supplicié », cette année !

Hors de lui, Clark lui repoussa violemment la main.

— Tu vas me lâcher, oui ? Ce n'est pas le moment !

Il brûlait d'envie de lui flanquer son poing à

la figure et de réduire son beau visage en bouillie.

— Allez, amène-toi, le défia Whitney qui n'attendait qu'une chose : se battre avec celui qui cherchait un peu trop à obtenir les faveurs de Lana.

Se débarrassant de son blouson, il écarta les bras et remua les doigts en signe de provocation.

Les années passées à ignorer ses pouvoirs et à les cacher au monde, à écouter son père lui demander de ne jamais montrer tout ce dont il était capable, le contrôle dont il avait fièrement fait preuve en imaginant que c'était pour le bien de tous, tout cela s'évanouit en un instant devant la fureur qui s'emparait soudain de lui.

Se jetant sur Whitney, Clark s'apprêta à lui asséner un coup de poing en pleine poitrine. Mais, juste avant l'impact, il sentit toute l'énergie de son corps se volatiliser, perdit l'équilibre et tomba gauchement à terre en s'accrochant à la chemise de son adversaire.

Qu'il déchira bien sûr dans sa chute… pour

découvrir le collier de Lana autour de son cou, la lumineuse pierre verte se balançant au bout de la chaîne en argent.

— Qu'est-ce que tu fais avec Lana ? demanda Whitney sur un ton féroce avant de le repousser violemment.

— Rien du tout.

Clark se redressa en titubant et essuya la sueur qui couvrait son visage blême. Whitney remarqua alors la façon dont il regardait la pierre qui brillait sur son torse.

— Il te plaît, ce collier, hein ?

Ce disant, il en défit le clip, l'ôta de son cou et le plaça autour de celui de Clark.

— Eh bien, profites-en, parce que tu n'auras rien de plus d'elle que ce vulgaire caillou !

La gemme couleur émeraude pendait à présent au cou de Clark. Qui s'affaiblissait de seconde en seconde, toute idée de se battre fuyant son esprit, remplacée par un seul souci : rester en vie.

Bientôt, une vague de ténèbres lui envahit le

cerveau et, un instant plus tard, ce fut le trou noir.

Dans le bâtiment et aux alentours, la foule s'était dispersée et le parking était pratiquement vide. Avec un crissement de pneus, un pick-up stoppa à l'endroit où Clark gisait, inconscient. Deux coéquipiers de Whitney, vêtus de leurs blousons de sport qui arboraient les couleurs du lycée, en descendirent. Ils s'emparèrent du corps inerte, le jetèrent dans le fond de la camionnette, puis retournèrent s'asseoir auprès du chauffeur qui démarra en trombe.

Dissimulé derrière le tronc épais d'un érable, Jeremy Creek sortit de sa cachette. Ses yeux tristes avaient capté jusqu'au moindre détail de la scène tandis que son âme torturée revivait tout ce qui s'était passé le même jour, douze ans plus tôt.

8

Clark reprit lentement connaissance. D'abord, ce fut le bruit du vent dans les tiges de maïs qui pénétra son cerveau encore embrumé, puis ce fut une sensation de froid qui le fit frissonner des pieds à la tête. Lorsque, enfin, il parvint à soulever ses paupières, il se demanda où il était et ce qui lui était arrivé.

Comme suspendu au-dessus du sol, à peine capable de garder la tête levée, il baissa les yeux et aperçut son torse, nu et grossièrement peint d'un énorme « S » rouge. Vêtu de son seul short, il transpirait, tremblait de tous ses membres et respirait avec difficulté en cette fraîche nuit de fin octobre, son corps glacé illuminé par les pâles rayons de la lune.

Comme il tentait de bouger les bras, Clark s'aperçut qu'il était prisonnier, retenu par de solides cordes passées sous ses aisselles, lié à un poteau de bois d'où il pendait, lamentable et épuisé.

Pourquoi est-ce que je ne peux pas me détacher ? se demanda-t-il. En tant normal, lui qui avait tant de pouvoirs, il aurait pu se libérer de ces stupides entraves qui le retenaient, faire sauter les cordes comme si ce n'étaient que de stupides fétus de paille. Alors pourquoi, pourquoi était-il si faible, si anéanti ?

C'est alors qu'il se souvint du collier de Lana.

En se tordant le cou, la sueur gouttant de son front où venaient se coller ses cheveux bruns, il vit le bijou émeraude se balancer sur son torse. Tout lui revint alors avec une précision incroyable.

Des images brutales lui traversèrent l'esprit –

sa confrontation avec Whitney, son coup de poing sans effet, la pierre verte qu'on lui avait passée au cou et, enfin, l'annonce de sa sélection comme « supplicié » de l'année. Les humiliations durant une semaine entière avec, pour couronner le tout, la jalousie féroce de Whitney.

Clark repensa à toutes les fois où il avait approché Lana, pour se sentir aussitôt trempé de sueur, être victime de malaises ou tout simplement tomber dans les pommes. Lorsqu'il avait voulu frapper Whitney, son coup de poing n'avait eu aucune consistance et voilà qu'il se retrouvait à présent ligoté à un poteau sans parvenir à se détacher. Quelque chose dans cette pierre le rendait malade. Mais quoi ? Et pourquoi ?

Il cherchait un moyen de sortir de ce piège ridicule quand il vit une longue silhouette se dessiner au milieu des tiges de maïs. S'avançant vers lui, elle s'arrêta à ses pieds.

— Ça ne changera donc jamais, articula l'apparition fantomatique dont le visage ne montra aucune émotion devant l'adolescent quasiment nu qu'elle avait en face d'elle.

— S'il… s'il vous plaît, aidez-moi… balbutia Clark tout en se demandant s'il n'était pas victime d'une hallucination.

— Ça fait mal, hein ? Ils s'en fichent tous, mais ça fait mal.

Luttant pour garder les yeux ouverts, Clark regarda l'étranger. La photo en noir et blanc de l'annuaire du lycée lui sauta alors à l'esprit et il reconnut soudain l'angoissant personnage planté devant lui.

— Tu… tu es Jeremy, s'étrangla-t-il.

— Je ne suis plus Jeremy depuis que je me suis retrouvé pendu ici, corrigea le jeune homme sur un ton froid. Jeremy était un ado tranquille qui attendait la fin du lycée pour se lancer dans la vie. Ça n'est jamais arrivé.

Il marqua une pause, balaya du regard le champ de maïs, le souvenir de ce terrible jour lui revenant lentement à la mémoire, sans pourtant que son visage montre la moindre trace d'émotion.

— Je croyais que, si je les punissais, ça s'arrêterait, expliqua-t-il d'une voix lente. Mais non, ça ne s'arrête jamais.

Il se détourna et s'éloigna de quelques pas.

— Attends ! appela Clark dans un souffle. Où vas-tu ?

— Au bal de fin d'année, répliqua-t-il avec un sourire sardonique. Je n'ai jamais assisté à celui de ma promo.

— Fais-moi descendre, s'il te plaît, gémit Clark.

La douleur qu'il ressentait dans les épaules devenait intolérable.

— Non, tu seras plus en sécurité, ici, dit-il avant de s'évanouir dans l'obscurité.

Laissant Clark à son triste sort, Jeremy Creek traversa tranquillement le champ, pour émerger bientôt sur la route qui menait au lycée de Smallville et longeait l'usine d'engrais LutherCorp.

Lex Luthor quitta le parking de l'usine et démarra en trombe sur la petite route bordée de champs de maïs. A peine quelques secondes plus tard, il aperçut sous la lumière de ses phares une silhouette informe, qui semblait attendre sur le bas-côté. Bondissant sur les freins, il stoppa net et considéra l'étrange apparition.

Pourquoi ce garçon avait-il quelque chose de familier ?

Je le connais, se dit Lex. Mais d'où ?

Et, brusquement, il se souvint. Douze ans plus tôt, au même endroit, il avait vu cet adolescent, attaché à un poteau de bois. Et, ce soir, voilà qu'il se tenait, sous ses phares, identique à lui-même. L'image du « S » rouge peint sur sa poitrine, l'expression de désespoir sur son visage et la propre terreur de Lex, tout cela lui revint subitement à la mémoire.

D'autres visions cauchemardesques s'imposèrent alors à son esprit : la longue traînée noire dans le ciel, l'effroyable explosion, l'éclair aveuglant et puis le nuage, cet horrible mur de fumée grise qui avait balayé les champs alentour, détruisant tout sur son passage. D'abord, le garçon pendu à son poteau s'était écrasé face contre terre, puis Lex lui-même s'était senti submergé, absorbé par la vague infernale et dévastatrice.

Depuis ce jour, sa vie avait radicalement changé.

Saisissant une lampe de poche, il descendit de sa Porsche flambant neuve et s'approcha en tremblant de la limite du champ de maïs. Qu'est-ce que ce garçon faisait là ? Et pourquoi diable avait-il exactement la même allure que douze ans plus tôt ?

Le rayon lumineux balaya le bas-côté de la route. Plus personne. Se retrouvant seul dans l'obscurité, Lex éteignit sa torche et retourna vers sa voiture. C'est alors qu'il entendit un faible cri provenant du milieu du champ.

— Au secours ! appela la voix lointaine. A l'aide, je vous en supplie !

C'est hallucinant ! songea Lex, de nouveau envahi par des images vieilles de douze ans.

Qui, cependant, étaient bien réelles, cette fois-ci. Quelqu'un l'appelait. Quelqu'un était en danger.

Il ralluma sa lampe et s'enfonça dans le champ de maïs, balayant soigneusement le rayon lumineux à droite et à gauche dans l'espoir de découvrir quelque chose. Puis il l'aperçut – un garçon attaché à un poteau de bois, un « S » rouge luisant sur sa peau nue. Il s'approcha et leva sa torche sur le visage de l'adolescent.

Alors, seulement, il le reconnut.

— Clark ! hurla-t-il en se précipitant vers le poteau planté dans le sol. Oh, mon Dieu !

Il se jeta sur les cordes et, à tâtons, commença à les défaire.

— Qui t'a fait ça ? demanda-t-il tandis que ses doigts nerveux s'agaçaient sur chaque nœud.

— Aucune importance, grogna Clark qui sentait la délivrance approcher.

Comme Lex achevait de le détacher de son poteau de torture, le collier de Lana se prit dans une écharde de bois, s'ouvrit et tomba au sol.

Clark atterrit sur ses pieds et, déjà, sentit ses

forces lui revenir. Il se rua sur ses vêtements abandonnés en tas dans un coin par ses bourreaux.

— Clark, il faut que tu voies un docteur, lui dit Lex, sincèrement inquiet.

Mais, le temps de se rhabiller, le jeune homme avait retrouvé toute son énergie et sa vigueur. Ce qui arrivait chaque fois qu'il s'éloignait de ce fichu collier, mais il ne s'était pas encore totalement habitué à la rapidité du changement.

— Non, ça ira. Merci, Lex.

Sur ces mots, il se rua à travers les maïs en espérant qu'il n'était pas trop tard.

— Accepte au moins que je te conduise ! lui lança Lex sans obtenir de réponse.

Déjà, Clark était loin et le silence de la nuit était retombé.

Comme il faisait volte-face, Lex aperçut le collier tombé à terre. Il se baissa, l'attrapa et l'examina à la lueur de sa lampe dont le rayon traversant la pierre envoya aussitôt des jets de lumière verte dans toutes les directions.

Intrigué, il haussa les épaules et glissa le collier dans sa poche avant de repartir vers sa voiture.

Dans la salle de gym du lycée de Smallville, superbement décorée pour l'occasion, le bal de fin d'année battait son plein. Des couples évoluaient, enlacés, au son d'une musique douce. Pour une soirée, les étudiants réunis là n'étaient plus des filles et des garçons, des sportifs et des bons à rien, des pom-pom girls et des bosseurs, mais des seigneurs avec leur dame, invités au bal de la cour.

Whitney Fordman et Lana Lang, les nouveaux roi et reine de l'année, dansaient un slow langoureux, mains serrées, collés l'un à l'autre. La tête ornée d'une couronne, ils se regardaient amoureusement, Whitney arborant son écharpe royale, et Lana moulée dans une robe ivoire qui ondoyait tandis qu'elle glissait sur la piste de danse.

Dehors, assise sur les marches du perron,

Chloé percevait la musique et les bavardages qui lui parvenaient par la porte entrouverte. Bien que Clark ne lui ait pas proposé d'être sa cavalière, ce soir, elle savait qu'à un moment ou à un autre, il finirait par se montrer.

— Ne reste pas ici, lui dit une voix familière, derrière elle.

Pete, toujours lui. Pete qu'elle considérait un peu comme un dû. A la différence de Clark, il lui avait proposé d'arriver ensemble au bal, « juste en amis », se souvint-elle. Le gentil Pete, bien trop timide pour oser lui demander une soirée seul à seul, mais heureux, malgré tout, de se retrouver ici avec elle.

— Tu sais bien que Clark ne viendra pas, lui dit-il comme s'il lisait dans ses pensées.

Comprenant qu'il avait raison, Chloé lâcha un profond soupir, se leva et lui sourit.

— Tu veux danser ? interrogea-t-elle.

Le cœur de Pete fit un bond mais, comme d'habitude, il répliqua avec humour :

— Après vous, madame, dit-il en exécutant un profond salut.

Puis, la prenant par la taille, il l'entraîna vers la salle de bal.

Tandis que les couples dansaient avec insouciance, une longue silhouette se glissa dans l'obscurité, une pince-monseigneur pendant au bout de son poing serré. Jeremy Creek se glissa à l'arrière du bâtiment, s'arrêta devant une grande armoire métallique rouge fixée au mur, où étaient inscrits ces mots : POMPE À INCENDIE – À N'UTILISER QU'EN CAS D'URGENCE.

A l'aide de sa pince, il en ouvrit les deux portes et examina la masse de fils qui s'y trouvaient pour activer le système.

— Jeremy ! appela soudain une voix qui le fit sursauter. Arrête ça !

Faisant un bond de côté, le jeune homme regarda avec méfiance la silhouette qui s'avançait vers lui.

Qui est assez fou pour se dresser sur mon chemin ? se dit-il. *Ne leur ai-je pas assez montré mon pouvoir ? Ne leur ai-je pas déjà prouvé ce dont je suis capable ?*

Comme l'autre semblait ne rien entendre et

s'entêtait à l'approcher, il reconnut le garçon qu'il avait découvert un peu plus tôt dans le champ de maïs. Le « supplicié » de l'année, à présent vêtu et apparemment remis de ses émotions.

— Je ne sais pas comment tu es arrivé jusqu'ici, lui lança-t-il avant de jeter au loin sa pince, mais tu ferais mieux de rester à l'écart.

— Je ne te laisserai pas faire du mal à mes amis, lui rétorqua Clark Kent sans sourciller.

— Ce ne sont pas tes amis ! lui cria-t-il. J'ai mon plan. Cette pompe va se charger de copieusement les arroser, et moi, je m'occuperai du reste.

— Ils ne t'ont rien fait, insista Clark avant de se planter devant lui.

— Je ne fais pas ça pour moi seul ! Je fais ça pour *toi* et pour tous ceux qui ont subi le même sort que nous.

— Ce qui t'est arrivé est complètement ma faute, Jeremy. Mieux que personne, je comprends ce que tu peux ressentir.

Jeremy se mit à rire. Puis, tournant le dos à Clark pour continuer sa besogne, il lâcha :

— Je ne ressens rien. J'ai un don, un but et une destinée. C'est tout.

A peine eut-il atteint l'armoire que, à sa grande surprise, il se trouva nez à nez avec Clark, qui l'empêchait de passer.

— Moi aussi, j'ai tout ça. Et je ne te laisserai pas t'attaquer aux autres.

Rapide comme l'éclair, Jeremy l'agrippa par les épaules et le foudroya. Ripostant aussi vite, Clark le saisit par le bras et l'envoya s'écraser contre un pick-up garé non loin.

— Laisse tomber, Jeremy ! lui cria-t-il.

Comme il se redressait avec peine, celui-ci plaqua une paume contre la carrosserie du véhicule, envoyant une décharge qui fit démarrer le moteur.

Jeremy en profita pour sauter au volant et, dans un infernal crissement de pneus, fonça droit sur Clark. Qui, bras et jambes tendus, arrêta l'engin dans son élan.

KRRRUNCH !!!

A la fois fou de rage et sidéré de l'incroyable puissance qu'il avait en face de lui, Jeremy écrasa la pédale d'accélérateur. La camionnette rugit, bondit en avant, et Clark, pris par surprise, eut le réflexe de se cramponner au capot. Malgré lui, ses pieds décollèrent du sol et il se vit emporté par l'engin en furie... qui fonçait maintenant droit sur le mur du bâtiment.

Aveuglé par sa fureur, Jeremy aperçut trop tard la bouche d'incendie qui se dressait juste entre lui et le mur.

CRASHHH !!!

La borne arrachée déchira le plancher métallique du pick-up en même temps que celui-ci s'écrasait contre le mur, utilisant le corps de Clark comme un bélier.

Le véhicule s'arrêta enfin, coincé latéralement dans l'énorme brèche qu'il venait d'ouvrir... Clark toujours arrimé à la calandre. Pendant ce temps, l'eau, qui continuait de jaillir, emplissait le pick-up coincé et commençait à s'infiltrer lentement dans le bâtiment de l'école.

Jeremy remarqua alors la mare qui grandissait à ses pieds et tenta d'ouvrir la portière. Mais celle-ci était bloquée par le mur de brique à demi démoli. Et, lorsque l'eau commença à l'atteindre, elle produisit une violente décharge avec son corps chargé d'électricité, et le courant imprégna alors la carrosserie métallique du véhicule.

Avant de le faire exploser dans un jaillissement d'étincelles et de flammes.

Violemment arraché de la camionnette, Clark se sentit catapulté dans les airs pour atterrir dix mètres plus loin, parfaitement indemne. Comme il se redressait, il vit avec horreur le corps de Jeremy se vider de son énergie tandis que, anéanti, il s'effondrait contre le volant.

Se ruant sur le véhicule, il le saisit par le pare-chocs et le fit reculer juste assez pour en libérer la portière. Qu'il arracha sans effort au moment précis où, dans un puissant éclair bleu, les derniers volts quittaient le corps de Jeremy pour s'engouffrer dans le tableau de bord.

Levant lentement la tête, le jeune homme considéra Clark d'un air hébété.

— Ça va ? lui demanda son sauveteur.

— Oui… Mais qui es-tu ? demanda-t-il d'une voix blanche. Et… où suis-je ?

— Je m'appelle Clark Kent, et tu es à Smallville, répondit-il en comprenant que les secondes, les mois, les années qui venaient de s'écouler s'étaient totalement effacés de sa mémoire.

Désemparé, Jeremy jeta à Clark un regard confus. Trop épuisé pour poser les questions qui le taraudaient, il souffla simplement :

— Je voudrais rentrer chez moi.

Dans l'ombre de la passerelle qui surplombait la salle de gym, Clark observait les quelques danseurs qui évoluaient encore. Pete et Chloé étaient partis depuis longtemps mais le roi et la reine continuaient à occuper le centre de la piste. La tiare de Lana scintillait avec autant de feux que celle de la petite fille, douze ans plus tôt, sur la couverture du *Time*. Le rayon d'un projecteur captura soudain le couple juste à l'instant où ils échangeaient un baiser passionné.

Clark les regarda. Pourquoi s'infligeait-il cela ? Il savait qu'il ne pourrait jamais être avec Lana, à cause de ce qu'il avait fait à ses parents. Et pourtant, il en souffrait à mourir.

Dégoûté, il quitta la salle de gym. Sur le parking, il repéra trois pick-up identiques, garés l'un à côté de l'autre.

Whitney et ses copains, se dit-il. *Ils devaient tous jouer avec les mêmes camions miniatures quand ils étaient petits*.

Un sourire machiavélique se dessina alors sur son visage tandis qu'une idée subite lui venait à l'esprit.

D'un coup d'œil autour de lui, il s'assura qu'il était seul et s'avança vers les véhicules. Puis il leva une des camionnettes au-dessus de sa tête et la posa sur la deuxième, avant d'ajouter la troisième au sommet de la pile.

Ravi de sa blague, il courut admirer son œuvre de loin, non sans penser à ce que dirait son père s'il le voyait faire ainsi preuve de ses pouvoirs.

Par groupe de deux ou trois, les derniers étudiants sortaient de l'école et ne manquaient pas de s'esclaffer devant la sculpture irréelle qui s'offrait à leurs yeux. Whitney émergea enfin, le bras autour du cou de Lana. En apercevant son pick-up coincé sous les deux autres, il ouvrit une bouche démesurée et lâcha sa petite amie.

— Qui est-ce qui a fait ça ? éructa-t-il au milieu des hurlements de rire.

Incapable de réprimer un sourire à la vue de cet étrange empilement, Lana se détourna et crut apercevoir quelqu'un ressemblant à Clark qui disparaissait dans le champ de maïs.

ÉPILOGUE

Aussi étincelantes que des pierres précieuses, des milliers d'étoiles scintillaient dans la lentille du télescope. Réfugié dans son loft, Clark scannait le ciel de la nuit. Si loin de chez lui, il se demandait s'il en apprendrait plus, un jour, sur le monde d'où il venait.

Surpris par les craquements de l'échelle qui accédait au grenier, il décolla ses yeux du viseur et se retourna pour voir apparaître la tête de son père au ras du plancher.

— Je me souviens du jour où tu m'as

demandé cet instrument, lui déclara-t-il en venant s'asseoir à côté de lui. Tu avais dix ans. J'aurais alors dû tout te révéler sur tes origines.

Clark le regarda et resta muet.

— Quand j'avais ton âge, poursuivit-il, ton grand-père m'a offert un télescope. Un matin, je suis descendu à la cuisine, et il était là. Je sentais, depuis quelque temps, que ça n'allait pas pour lui, et c'est alors qu'il m'a parlé du cancer qui le détruisait depuis un an. Deux semaines plus tard, il était mort.

Fixant le visage de Clark, il ajouta :

— Ce jour-là, je me suis juré que jamais je ne cacherais quoi que ce soit à mon fils. C'est ce que j'ai fait, pourtant, et je le regrette.

— D'une façon ou d'une autre, il essayait de te protéger, répondit Clark, heureux que son père soit venu lui parler.

— Je sais, mais je lui en voulais néanmoins, et je comprends que tu puisses m'en vouloir aujourd'hui.

Un silence gêné s'installa entre eux.

— Il n'y aura plus de secret entre nous,

Clark, assura Jonathan au bout d'un moment. Je te le promets.

Il acquiesça par un hochement de tête. Il savait que ce n'était pas facile pour son père dont la fierté et l'entêtement constituaient parfois pour lui comme une entrave.

— Ça va ? lui demanda Jonathan.

— Est-ce que je pourrais te répondre dans cinq ans ? répondit Clark avec un sourire.

— Quand tu voudras, mon fils. Oh, j'allais oublier, dit-il en sortant de sa poche une boîte métallique. Lex est passé, tout à l'heure, et il a laissé ça pour toi avec un petit message. J'imagine qu'il se sent toujours redevable envers toi pour lui avoir sauvé la vie. Au moins, ce cadeau sera moins encombrant que l'autre.

Il se leva et articula d'une voix lente :

— Bonne nuit, Clark. A demain.

— Attends, papa, lança-t-il en posant la boîte par terre. Je voulais te dire... je suis content que toi et maman vous m'ayez trouvé.

— Nous ne t'avons pas trouvé, Clark, corrigea Jonathan en reprenant les mots de Martha. C'est toi qui nous as trouvés.

Puis il disparut dans la trappe qui ouvrait sur l'échelle.

Saisissant la boîte que venait de lui remettre son père, Clark la considéra avec curiosité. Le couvercle était piqué de clous métalliques et, en son centre, brillait un médaillon en argent où étaient gravés des caractères inconnus.

Il ouvrit l'enveloppe qui l'accompagnait et en lut le message :

« Clark, tu as laissé tomber ceci. J'ai donc pensé te le renvoyer avec un autre petit cadeau. S'il te plaît, garde cette boîte comme garant de notre nouvelle amitié. Ma mère me l'avait donnée quand j'étais enfant. Elle l'avait achetée dans une casbah, au Maroc. L'homme qui la lui a vendue a dit qu'elle avait été fabriquée à partir de l'armure d'un soldat. Elle est en plomb. A présent elle est à toi. J'espère que tout va bien pour toi. »

Le message était signé : « Bien à toi. L. L. »

D'un geste prudent, Clark ouvrit le coffret…

au fond duquel gisait le collier de Lana. Dès l'instant où la lueur verte de la gemme se répandit sur lui, il se sentit faiblir. Refermant vivement le couvercle, il reposa l'objet par terre et, aussitôt, se sentit mieux.

Il ignorait pourquoi, mais cette boîte le protégeait des effets néfastes de la pierre. Du plomb. Dorénavant, il s'en souviendrait.

Le collier... songea-t-il. *Lex a dû le trouver dans le champ de maïs. Je devrais le rendre à Lana, mais je ne peux pas lui laisser voir le mal qu'il me fait.*

De nouveau, le visage de la jeune fille s'imposa irrémédiablement à son esprit. Dans l'espoir d'exorciser cette obsession, Clark alluma la chaîne hi-fi qu'il avait installée dans le loft et la musique envahit la grange entière. Reprenant place devant son télescope, il allait se replonger dans sa contemplation des étoiles quand une voix derrière lui le fit sursauter :

— Je ne t'ai pas vu, ce soir, Clark.

Il tourna la tête et découvrit Lana, debout en

face de lui, éblouissante dans sa robe de satin ivoire.

— Lana ? murmura-t-il, incapable de lui cacher son émoi. Qu'est-ce que tu fais ici ?

Elle s'avança lentement vers lui, lui posa une main sur la hanche et, de l'autre, lui prit le bras.

— Je t'ai réservé cette danse, déclara-t-elle.

Clark l'accepta avec bonheur contre lui et, enlacés, tous deux se mirent à danser au son de la musique. Leurs yeux se rencontrèrent et la jeune fille le regarda en souriant.

— Tout va bien ? lui demanda-t-elle gentiment.

Proche de l'extase, il lui renvoya son sourire.

— Parfaitement bien, répondit-il en fermant les yeux pour mieux savourer cet instant délicieux.

Un instant magique qui fut subitement brisé par de violents coups de klaxon. Clark ouvrit les yeux et se retrouva seul. Tout seul au milieu de son loft.

Elle n'était pas là. Tout ça, c'était de la pure imagination. Lana. Oh, LANA *!*

De nouveaux coups de klaxon achevèrent de le ramener à la réalité. Courant vers l'unique ouverture du grenier, il aperçut trois voitures remplies d'étudiants qui, manifestement, revenaient de la fête. A l'arrière de l'une d'elles, il distingua Lana qui s'apprêtait à se faire déposer chez elle.

Le collier ! Clark saisit le coffret. A une vitesse hallucinante, il dégringola de l'échelle, traversa la ferme, franchit le chemin qui séparait les deux propriétés, et se retrouva sur la terrasse de la jeune fille. Là, il ouvrit la boîte, en sortit le collier et le pendit à la poignée de la porte, si vite qu'il n'eut pas le temps de ressentir les effets néfastes de la pierre.

Puis, la boîte dans sa poche, il regagna son loft tel l'éclair, à l'instant précis où Lana descendait de voiture. Son petit aller et retour lui avait pris moins de trois secondes, ce qui ne l'avait pas essoufflé pour autant. Il regarda Lana faire un signe d'adieu à ses amis qui repartirent en fanfare. Puis il la vit monter les marches de la terrasse.

Devant la porte, elle écarquilla les yeux en apercevant son collier pendu à la poignée. Elle le prit dans ses mains, l'ouvrit et se le passa autour du cou, en imaginant aisément le plaisir romantique qu'avait dû éprouver Whitney quand il était venu déposer le bijou ici, après la soirée magique qu'ils venaient de passer.

Elle ouvrit la porte et entra chez elle, en songeant que jamais elle n'avait été aussi amoureuse de son superbe petit ami.

— Bonsoir, Lana, murmura Clark en voyant le battant se refermer derrière elle. Merci pour la danse que tu m'avais réservée.

Achevé d'imprimer sur les presses de

BUSSIÈRE

GROUPE CPI

à Saint-Amand-Montrond (Cher)
en octobre 2003

FLEUVE NOIR
12, avenue d'Italie
75627 Paris Cedex 13
Tél. : 01-44-16-05-00

— N° d'imp. : 36131. —
Dépôt légal : avril 2003.

Imprimé en France